《推薦序》

Hello，大家好。我叫達西，今日嚟幫作者寫個序。

// 妮妮按：華文書前面頁數常見一堆莫名奇妙、讀者完全不可能認識的人來寫推薦序……事出必有因，本書決定保持隊形。//

在香港做 Sales，其實一啲都唔容易，姿態有時要放得低，又要識得湊客，八面玲瓏。

而當售賣貨品唔同一般 FMCG，做藥廠面對較多是專業人士，要求固然之更加高同挑剔。

捱得住高壓環境，堅持做同一款藥物仲未出 pool 係奇蹟，唔怪得可以出書當教科書 la！出咗我都要攞本睇睇，多謝晒先。

以我認識嘅妮妮，實可以分享到一些經驗和教訓，畀新手入行或者有經驗同行等大家做個參考。

工作和私底下她頗大分別：真人古靈精怪，間中爆金句自娛；而當一進入返工 mode 時，則生人勿近，密密做多過講。

有時路過瞄到她滿臉凝重，一睇，咦！── 不是正在重製 written order，就是默默拆緊貨去第二區，Sales 工真係波瀾萬丈。

心地好，EQ 高（是咪天生 Sales 特質），基本未嘗見過她發脾氣。

最嚴重只係有次去接佢，咁啱見完個客，佢一落樓就燥底走去踢咗腳街邊電燈柱。個掣好快跳完，自己激到內傷都唔太會影響到人。

之後亦少見佢嬲豬喇，或者你地識得佢呢個 page……就係用嚟寫吓壞話笑吓、蒸發走晒工作戾氣，咁樣小弟生活都平安啲。

祝大家都享受接下來嘅閱讀。

// 妮妮再按：以上文字有小小被修辭潤飾。謝～ //

《自序》

扳扳手指，這些年職場練肖話的素材差不多夠付梓成冊，想對自己有個交代。

心動不如行動，小小的念頭……結果變成您正手持的東西啦。

在專頁更新時，也有佯作正經地介紹過自己。

我是 2017 年 6 月開專頁的，那時候總有些不可公開對人言的慘況、要狠狠吐糟一下……自己私人臉書戶口又滲透著很多同事 & 客，不可這樣亂玩。

Instagram 那時已存在，不過對於寫文章不太友善，長文控表示駄目。

通常開專頁的職業似乎空姐 / 公關 / 傳媒 / 貴婦名媛較熱門、Sales 則很少。代表不多，就交我搶個頭香～

簡單介紹一下：香港俗稱 Sales 即是 Salesperson，就是藥廠業務員。性質和其它《以營業額決定佣金》的職業沒有分別，雖然說追數週期不同（我們是以三個月為一季），不過工作壓力驚人地相似。

業務主要客人對象為醫生外，亦有醫療集團決策人，護士，藥劑師 etc。

我所在團隊負責範圍以私家診所為主，假如走訪醫院的話，叩診入藥等工作更繁雜……「呢樣嘢就唔係我跟開啦，thx」。

書名裏的 "OS" 的全寫是指 off-screen= 內心吐糟，而不是常理解作的 operation system。我想每人在工作上都會遇到很多不可理喻、想瘋狂吐糟罵罵嚓——

假設是漫畫場面，旁白就會出現很多真心話，內心的樹洞要人

啊！不講出來很難受。

藥廠工作不算特別愉快，身心疲累 +PTSD，間中撐到嗑著一點甜、用愛發個電，競競業業，行家都懂（抱）。

始終香港環境 compliance 不准許直接向 end-users 即病患宣傳，所以咱們基本工作還是需從 HCPs 處著手，努力為五斗米折腰折上折。

得承認一下，始終"仲響呢個 field"，部份文章我容許自己改動 10% 左右內容，來保護私隱（香港醫療人員已不像美國般要恪守 HIPAA 嚴格審查、供保障病人權益）。當然不會天馬行空純幻想，一定一定 relate 到哪件事。

假如有天能離開這行，也許就可以更口沒遮攔了吧（到底啥時候能 FIRE ？！）。

在那之前，請聽我說點故事吧……

謹以此書獻給

我敬重的老母

世上最可愛我家忠犬一號

家人及姐妹朋友們

（以上為萬一遇溺時的拯救次序）

藥廠女 Sales 無限 OS

目錄

第三章：

跨國服務難我不到 ⋯⋯⋯⋯⋯⋯⋯⋯⋯⋯ 72

第四章：

可以順便説一些至理名言嗎 ⋯⋯⋯⋯⋯ 96

《後記》 ⋯⋯⋯⋯⋯⋯⋯⋯⋯⋯⋯⋯⋯⋯⋯ 121

前言：《從古到今老闆們》

進藥廠賣藥之前，數數手指，我已在本地打過六七份工。

朝九晚五打擾各位舊東家⋯⋯準備做個總結，概括一下職場前半生。

讓我從久遠的恐龍時代講起——

第一位：

公開試之後，我在日間營業額每天四萬元的麵包 cafe 做待應。

如果不計較女店長出手太摳門，同事們（店員和廚房的製餅師傅）大家的年紀差不多，每天上班也很好玩。

雖然我不愛吃麵包，當時上班的規矩是：五蚊以下的麵包可以任食，五蚊以上的麵包可以隨便偷食。

（頓時飄來一般年代的味道，現在飽歷通漲，麵包價錢升雙倍不止，還會狂塞空氣）女店長放假的話，還可以試吃到不同口味的蛋糕和烤魚。

那期師傅們很愛趁負責人不在、隨便賣賣固定出爐的麵包就打烊，然後拿出私伙鮮魚啊肉類出來ＢＢＱ⋯⋯完全實行一個星期一次大解放。

能自選假期的話，全體全人絕不願在店長 off 的同日也放假，就算被編假，那天都會齊心回來吃飯嗨一波（？）。

本來打算做到升上大學（滿有信心能升班嘛），但不到兩個月時，當知道店裏面有人吸食不明粉狀、便很認真考慮辭職。

見過午休的場面之後、不太敢再吃現場出品的麵包，嗯⋯⋯兩種粉的顏色都挺白呀！嗑完會不會撈亂傻傻分不清的啊？

向家人提起之後，我爸便立刻攞紙同我寫辭職信（父女齊齊起兩份稿，哈）。

發現狀況後，不到兩個星期就手刀辭掉了～～

※　　　※　　　※

第二名：壽司連鎖店

後生女（當時）滿腦子吃吃喝喝，沒有上進發奮之心，中學同學說她打工食肆不夠人啊，上手剛完工、這邊廂立即送頭去湊數，趁著暑假賺點外快。

當時沒有老闆，只有一名電話面試的經理。在她產後回公司辦手續之前、也已辭職了我（不良示範）。

作為初抵港數間的（偽）高級迴轉壽司店，對於沒見過場面的中學畢業生……是多麼好吃跟貴鬆鬆！營業額只計每晚堂食，已是第一間店的雙倍或者三倍。

它這店壽司迴轉碟呢，每張碟下均設置條碼，超過特定時數，那碟便會在迴旋帶一角落被機關踢到一旁。科技發展真是一日千里。

所以那個角落就是樓面員工打牙祭的據點。我們閒時習慣在那邊晃晃，被撥走的過期壽司們（超過兩還是三個小時）通通堆積在那邊，任食。食完記得洗手就可以。

壽司分為迴轉，及即叫即製兩種款式。

整條輸送帶上剩餘的壽司，通通是我們每晚瞄準的宵夜。臨收工每逢九點半、善心的組長姐姐便開始收集各款壽司到長盤中，等大家打烊後繼續一起無法無天。

客人多是附近金融區剛下班的男女，通常 OT 收工才坐下一兩個小時，不情不願：「點解條帶愈來愈少食物啊？？」

我們固定話術應付投訴：「跟 Menu 叫吧客倌！更加新鮮啊！！

（？？）」

師傅因此能額外製造不影響大家宵夜的份量（老闆聽到應該氣炸）。

然後每晚十點鐘起，我們努力趕人走。

局部位置熄燈啦、關掉輪迴枱旁的熱水掣啦……務求可以盡快收工，眾人無所不用其極～～想起那件鮮美海膽、內心總是開心。完全是平民少接觸的高級食材，每日築地直送──不過為專注學業，暑假完結就沒有繼續在那上班。

　　　※　　　※　　　※

第三名：

老闆是一對公務員夫婦。他們出糧……讓我替這家寶貝女補習。

非常、非常恩愛的一對年輕夫婦。父慈母愛得不可思議，我每每似行入電影當家庭教師，感覺完全非現實。

可能由於我來自單親家庭，在個人現實環境裏、見識甚是狹窄。

他們夫婦兩人有次進廚房一起整雞翼，我一路教，背肌一路繃緊，直到焗爐有香味傳出……先敢相信他們原來真的一齊整雞翼only，不是偷偷在講數。

沒法啦（攤手）！自從有記憶開始……從未見過親父母獨處一室十分鐘沒架吵。愚見至此，拍謝拍謝。

而且，夫婦兩人極有教養，媽咪對囡囡十分溫柔，溫柔到誇張。捧在手心怕碎了，含在嘴裏怕化了那種。

一開始……咳咳咳。我曾以為媽咪係繼母，所以才對囡囡這樣萬般柔情來討好。（自摑賠罪）

因為初中的囡囡，有時的確不太受教，愛玩電話 / 精神毫不集中 / 小小扭計，在我家規下應該要被教訓好久，但她沒有，萬千寵

11

愛每一天。

直至某次夏天，在她家書房裏開冷氣補習，看到夫婦的陳年結婚相——噢！親生的！真的是親生母女！

原來別人的家庭是這樣的啊。兩三年的輔導課大大刷新了我的認知。

「真愛是確實存在……」

只有這份工做足三年多，橫跨我大學時期及進社會初期。

當找到長工、首嚐正職薪酬後……我開始頂不住她高中的有機化學。有夠難。

備課時間大大降低補習費的ＣＰ值，我還是乖乖搬磚、賺取自己能力範圍內的人工吧！

這枚濫竽大大感激她家長的挽留，見好就收啊！人總要向前望。

隔了這麼多年，她去去外國讀書畢業再回來，現在的男朋友和她爸爸的樣子、從旁人看來有九成相似！！是心理學吧！

深信家庭幸福是可以複製的，加油向前衝～

※　　　※　　　※

第四名：一名學院院士

大學後無心插柳加入了一所醫療集團，我覺得助護這份工算是我踏入 medical field 的起首。

雖然是助護，老闆和經理安置我做行政事務比較多，基本上有手有腳，加減數沒大礙就做到。

當紮主持的便是擁有 MBBS 學位的我上司Ｓ，整天笑瞇瞇，慈祥智者的模樣。

每日閒時會塞幾本書給我們沒事幹要多讀，從財技／投資／心

靈雞湯到食譜都有（？），下午茶後又捉下我地講下人生道理⋯⋯

（不過有些同事不太 buy，覺得有阻到放飯）

公司試過有一兩個星期生意麻麻，水靜鵝飛。

他一路食 lunch、一路攬住個佛像、又一路唸唸自語猛咁起勢捽（超級擔心的樣子）：「死啦死啦，唔到數呢鋪死梗⋯⋯」（XDXD）

有時舊病人 walk-in 上來找他，他會好開心接人入房傾計、不用牌板已記得是怎樣的症，望兩望寫藥比人出去配。

當客人離開，女經理見到通常立刻後腳入房、瘋狂唸您唸您，「沒預約不要放人進來啊！有無帶病菌進來、遲早怎樣死都不知道——」

上司 S 勁驚畀人鬧，聽完柄埋一角懷疑人生，然後雞咁腳落街飲咖啡。

還是他員工期間、我也有試過身體不適當一下他的病人。

S 噓寒問暖一輪，總是職業病入魂問我要不要病假紙⋯⋯從不口出惡言，凡事先攬上身責怪自己的類型。

可惜仔細考慮過這份工作性質不太適合，如果投入做會好困身，公司升遷亦不太會去到我想去的位置⋯⋯所以最後忍痛辭職。

感激過往老闆們的知遇之恩，幾乎在每一位身上我都有錢落袋（出糧以外啦），我愛大家。

※　　　※　　　※

第五名：一名太平紳士

這貨——碧池來的！！！（收回愛心）（一反前述的感性）

畢業快樂 grad trip 後便要搵工找數。窮到無銀刮砂的我，當有間醫療儀器公司收我做 specialist，立即碌飯應了應了⋯⋯

現在回想，這正是我踏上 Sales 的第一步。

當然我沒想過事業路向，只因為當時真的好窮好窮，基於各方面壓力之下，我不得不入職，簡直是病急亂投醫。

不進尤自可，一上來把幾火才懂，原來是同系學兄學姐口中的著名黑店！！！天呐，六合彩又不見我中？！

還記得起薪八千。這點薪水餵鳥都不夠吃，明顯叫人跑佣才能開飯。

一開始其實上帝憐憫、有滿多 signals 提醒求職者（但發錢寒的我時運低、視而不見）。

公司長期擺滿風水物品裝滿檀香，濃煙裊裊 /HR 答應比萬一月薪、到簽約硬是砍三千 / 直屬 manager 好惡 / 公司全層廁所得兩格能使用……

本著「應該學到些甚麼吧」的我……懷著心中理想辦理入職手續。

公司的貨，混亂到一個莫名其妙。

一支貨看紳士姐是日心情，有時賣幾千，有時賣萬幾。

如果去醫院行 call，每兩個鐘頭要自覺報到一次，禁止您亂晃閒逛（醫院有甚麼好逛呢其實），當然裝偶遇 pitching 除外。

直屬上司指示也含糊不清。

有次叫我去收帳，在一間公立醫院找一名"李姑娘"，但 department 有千千萬萬個李姑娘。

她不理。大喝一聲明天要見到錢然後 cut 我線。

每天培訓角色扮演 present 好幾輪，不同 products 不停直線再曲線抽問。

雖然知道屬於基本 training、入門指定動作……但一旦答錯、

她即刻黑臉，問我是不是人工低，所以不想做啊？？（現在秒答：是呀）

每日返工既擔驚也受怕，就算坐車到醫院 check 貨，都不停要聽前輩 top Sales 們做 pitching 的錄音……

每星期開會都有紳士女老闆在場。無人知道是啥原因拿到太平紳士名涵，但她本人在捽數時刻，真的好有威嚴——

會議，報數。每人這個月賣到甚麼成績、營業額幾多……赤裸裸揭曉。

醫院醫生有無改變，有無攞少貨……我開最後一場會時，某區因為比半年前少賣出三四成自家品牌貨，她不停辱罵該區 Salesman ——

「妳解釋吖！妳解釋點解吖！妳解釋點解呀！！」她罵人，是一輪嘴機關槍式狂問、不會聽人解釋。「不要搵藉口、說甚麼香港太少人死（於這種疾病）！香港人死慣這種病的！～～（loop 足十次，堅認真沒有說笑）」

我諗，我真係撐不下去喇。

好像看到未來的自己，就算半年／一年之後，底薪加到萬三、萬七都好，比人插成這樣子，我諗我捱不下去啦！

話我「唔襟撈」又好，八十後臉皮薄也罷，在下宣佈同 Sales 無緣啦，辭職考個空姐罷（妳以為簡單嗎！），再唔係保安藍領都照殺，真的幹不下手。

就醬，開完那場屍橫遍野的殺戮大會，我回到豬肉枱自己那一格。

拿起筆，摵出會議簿其中一頁，寫左三四句英文，啥後路都沒有就裸辭。

當我入埋信封（一直想辭所以袋住信封 in case……），進房遞

比個經理，她同老闆娘同一個嘴面，變臉冷笑。

她揚手叫清潔姐姐計埋我份糧（原來是身兼二職會計文員來著）。

上個月份糧係手鬆計多畀我的，所以要即刻落 HSBC、撳番千五定一千八還錢（實際數字已忘），立即退出所有公司 whatsapp group，我抹抹自己張枱，自己慢走不送。

乘電梯那段時間莫明想哭，首次覺得這世界好冷漠又好殘酷，不知怎應付。

下樓後已經哭不出來，空空洞洞沿住電車路軌一直走。

不知道到底徒步毅行了多久，11 號最後終點站是銅鑼灣。

那時有間台式書店抵港開幕幾個月，初期人潮已經回落不少。

我打書釘打到半夜（當時通宵營業），覺得人類最差也不會差到哪，多少大文豪到死都鬱鬱不得志啊！我有手又有腳，未至於五體不滿足……由「難過不好受」情緒漸漸回復到「終於脫離地獄」痛快的爽皮。

其實、堅爽呀！不用再對住這條 high high 啦啦啦～～～

大手筆買入 Mark's 筆記簿，抬頭把天仁茗茶一飲而盡，離開時在 ATM 攞盡二千蚊餘款……

回家蒙頭睡場大覺要緊。

現在回想，辭這份工算是我人生其中一個幾正確的決定嘛。

感覺度日如年以為已捱好久，但埋單計數……計落不過幾十日啊原來。

雖然怎樣計都不明白，最後在紳士公司上班那個月，足三個星期的血汗錢只有不到港幣五千元。唉，衷心希望不再有受害者出現……

※　　　※　　　※

第六名：白手興家型。

因為上一份工關係，已經很很很怕再做銷售的工作，接下來想沒有壓力只用勞力，投履歷進服務行業裏當一枚 MT。

香港第三級生產為主嘛，全民服務業沒甚麼大不了⋯⋯開頭全線家庭成員不置可否，覺得我讀完大學頻頻撲撲，和本科沒有絲毫關係。是但啦妳喜歡，不啃老不伸手拿綜援就好。

不過這份工，帶比我許多香港以外的世界觀。

有幾個月跟同一夥同齡員工齊齊 training 很過癮，每次大家聚集飲茶都在喊辛苦、狂呻比客罵翻天的心路歷程。

去到外站，某晚於某間 H 字頭酒店收工。

我去左一個同樣 MT 入職的男同事房間，純粹坐於床邊吹水（羨慕佢有通風大露台，我獲派那間沒有），兌換當地紙幣⋯⋯突然！！！門鈴響起！！！！

我地立即恍如被人捉姦、立馬彈起身：「唔通係阿姐？！妖！千祈唔好比佢誤會我地呀，佢實唱通街架頂！唔係嘛！！」

「我先唔會同妳拍拖啦！唉呀我屋企養左狗喇（？！）━━」一秒變路人、突然想起要避嫌。

好家在，當他去開門我躲入浴室（但浴室是透明，我急急忙忙之下趴在浴缸邊，狼狽得要死），原來係只是 room service 送錯房。五星級酒店駒━━（ ￣▽￣ ///)。

如果沒之後的際遇，我猜我會盡力做這份工更久一點。

反正份工又不用擔擔抬抬傷腰骨、而且收入萬餘、夠我一人吃全家飽⋯⋯但係有時亦會有泄氣的地方。

工作時間不短，本地客人總是付錢當大爺，奉旨狂 R，永遠有

手尾放工跟，結果⋯⋯當有人提出邀請之後，我開開心心就被挖角喇。

呀，未講到我當時老闆。

他⋯⋯是熱愛工作的人，笑口常開，亦樂於將不少收入做慈善貢獻社會。

培訓時見過一兩天，他頒佈公司著名的十大教條叫我們儘快讀熟融入工作，第四條是：

「悶就唱返支歌啦。」然後他說完就自得其樂、自 jam 一隻刻苦耐勞的飲歌。

（知道這是哪間公司的同期，請不要透露啊謝謝）～～

跟著編更我們會有不同主管，有好也有差（癈話）。好的會湊下新手、讓您不用被奧客騎到頭上去。

曾試過有隻 case，客人擺明踩上門尋仇，主管從容就義：「我地收人工高過妳們咁多，頂呢啲、應份啦！！」

接著被兩位籍中國女人拉入旁邊一間吉房⋯⋯粗言穢語辱罵一個多小時。

間中都有這種 cases，我地公司明明真係一丁點錯都沒有⋯⋯如果妳們長得不夠正經、英文大字也不曉，出門飛完一趟被當地海關拒絕入境⋯⋯點解妳當場不找大使館，遞解出境才過來發晦氣呢？？

另外也有一些「無咁好」既主管。

曾有個主管係皇太后級，氣場凌人，長期禮儀和坐姿執到嚴一嚴。最經典記得某幕她搶到部 iphoneX 勁開心，隨意用公司電話簿找個分機號碼、用新手機打過去。

一聽不知是誰，接線員按 SOP 先講一段公司歡迎辭，皇太后施展淫威、一句：「無嘢！我試電話咋！！」啪一聲收線。同事又何辜。

總結都係一間歡樂有承擔的大公司，假如再有機會，我會同家人使用他們服務。

※　　※　　※

第七名：一枚 MBA

咳咳。按上文提示，我是在做 No.6 的時候，認識到這間公司。

有些人在電梯用幾分鐘 elevator conversation 得到 offer 嘛，我就 from 一班 short haul flight 的航空上得到這個 offer。

比別人只得幾分鐘的好，面試官坐我旁邊，那天就像被 in 幾個小時。

開頭起飛我沒理旁人、勁瞓三輪才起身進食（那份工長期身心累）。

鄰座遞名片、表示一下藥廠背景，問要不要去試試看（刪去：當社畜）……插翼難飛的機艙逃不掉大家談了好久，臨降落時、他撕下藥盒抄低電郵、提我記得補回履歷。

外站時其實個人做得頹頹，曾想過之後發展道路好像挺落魄……所以當新機會擺到面前，我就懵懵懂懂跳過來了。

由始至終我沒有太探問人工～覺得反正餓不死試試也好（？！）──到正式登錄 office，方知 Sales Incentive Plan（SIP）。

相比之前紳士公司，糖果與鞭子，7 號會不斷發糖（佣金）給妳做糧。

當妳習慣份糧含糖值甚高的話……而妳某日不幸 off target，粒糖不見了，妳就覺得當季好像無食過飯、超級肚餓（淚）──

所以呢，政策絕對能左右銷售員多勞多得，鼓勵努力上進……

在 5 號公司我一朝被蛇咬、心有餘悸，餘生不想再追數。

克服心魔的最大原因，是認識大老闆覺得他人 ok，以為公司氣

氛應該還可以 / 我或許揌得過（？！哪來的自信）⋯⋯

　　一上班才知道：7 號老闆 E 他，常在亞太區飛來飛去，根本不太坐香港辦公室。

　　而同事們的待人接物、和老闆溫柔敦厚少得罪人的作風，不要說不像了，簡直毫不相干──

※　　※　　※

　　例如說某次中秋節，全公司員工上下齊齊整整、往某海鮮酒家打牙祭。

　　剛好那餐飯有龍蝦。擺盤在我那枱時，熟女同事覺得份量少得不對勁（⋯⋯女人既直覺？？），突然大喝一聲！叫全枱住手。

　　我地乖乖合作不舉箸，兩三名女同事夾手夾腳極速砌回龍蝦形狀：明顯地，龍蝦的左鉗位置，只有空氣～～

　　見狀敝廠人看見拍枱起哄：「嘩！成隻鉗無上枱喎！」。

　　立馬傳召餐廳的經理秒滾過來，他這下倒大霉囉。

　　畢竟我們 Sales 隊伍每個人都習慣爛仔式追數，泥漿摔角 everyday、沒人在吃素⋯⋯幾乎媽叉到天花板。

　　後生經理給我們的狠樣嚇到臉青青、瘋狂道歉口震震──事實擺在眼前：就是廚師偷食隻蝦鉗喇！不要怪責我了好不好？！

　　最後和事佬走過來，只有他懂江湖之道要日後留一線。

　　老闆 E 笑笑口，跟經埋講：「我地 Sales 要追數㗎！隻龍蝦打輸唔見隻鉗、意頭麻麻喎！不如您同廚房講、煮過隻打贏嘅再出來罷⋯⋯」

　　三兩句說話粉飾太平，好多事情到他眼中都是雲淡風輕，沒甚麼好爭好追。

　　師兄姊常言道：生意都是由我們把關，靠 E 肯定輸死！！

文人如他，搞 presentation 應付更上級老闆們（亞太區）就行……
Sales 和他沒有太多階級觀念，常常打成一片。

※　　　※　　　※

記得另一次出差，在當地一個遊客區，噴水泉還是石像位置……
地上不知怎的有些當地紙幣被遺落。

那是一次開年的 trip。

出發 Sales 們呢，剛剛不是爆數 YTD/ 就是穩袋到數的，沒有
人看得上眼這種路邊碎錢。

新手 med rep 長期 24/7 口沒遮攔（剛畢業的吧通常）：「地下
竟有散紙？搵鬼執吖！……隔離就係醫院，誰執誰倒霉啊貪嚟做乜
7 吖～～」

然後。

金牌導演分鏡都沒有那麼精準。

那名 Med Rep 說完，忽然大家莫名衝動回頭一看，正正見到老
闆 E 喜不自勝、撿到錢揣在懷裏。

而同時聲音也傳到他的耳裏，中年男人大腦的下一秒、開始理
解到下屬說話內容——

尷尬到一個點，他臉一陣紅一陣白，後生仔身下的腳趾們，瘋
狂想立即挖地道逃脫——

……見情況難堪，我悻悻然補充一句：「啊～ 說不定這十塊八
塊、就是老闆下個一百萬的起點啊，點石成金嘛——」

大家僵笑一下，好在最後打哈哈就過。

Junior posts 果然太嫩，上一課啦！要尊重一下老闆，呼。

以此總結帶我進入藥廠這款藥的第一名老闆……事過境遷好幾
年，我和老闆 E 最近居然不在 Facebook、而是在 IG 重遇，原來他

追到潮流的車尾燈耶。

※　　　※　　　※

藥廠界我遇上第一任老闆就是 E，可惜我這行頭甚麼都不多、宮廷戲最多。

派別鬥爭、時代更替，明明負責是同一款藥，我已換上第五任的 boss。

中間過渡期超過這些年，上司們性格各異，老鳥如我再沒有空觀察 8，9，10 及現在的 11 號去寫紀綠，排上人生第一名藥廠ＧＭ，印象歸根究底還是最深刻的。

驀然回首，我青春果然像小鳥一去不回嗚嗚～～

第一章：職場傷害有的沒的

《1.1 窮酸德性讓我敗陣》

生活中有不少需要提神的時候：超時工作砌 Sales agreement plan，熬夜煲 Netflix，或是純粹作死享受夜晚瘋攤上網⋯⋯翌日工作維持清醒很痛苦。

一般在公司開會，幫助消除睏意方法千千萬萬，通常遞茶又送水，務求大家喝完多跑幾次廁所⋯⋯人總會清醒過來。

若然談到醫學討研會場合，學會及廠方均有頭有臉，就不會用上這麼土炮的辦法啦。

場地倘若在酒店的話，首先一早已備有幾輪 Refreshment 時段，方便業界人士隨便自取吃喝走動拉個筋。而較私下場合，例如廠方和學會招待的話，到會規模也未必會輸酒店，蛇齋餅糭 very 齊全，保證全體上下飽到打嗝。

初入行時不久，在我身上發生過一次滑鐵盧事件。

※　　　※　　　※

那是一次開檔企大會的季節（遠目）。

敝廠為了犒賞在星期六日現身的社畜們，愛心速遞了兩袋高檔咖啡到會場，作為慰勞。

本來我有點猶豫。因為個人廢廢的腸胃⋯⋯和咖啡一向不咬弦。

以前中學公開試壓力好大、課業時小息中午，偶爾會在汽水機啪一罐解藥來喝。去到大學追成績實習 FYP，更加是提神飲品們常客：咖啡紅牛葡萄適輪流來⋯⋯好像把畢生扣打都用完。

免費供應假如只有咖啡和茶，學懂養生的我現在會秒選茶類。

咖啡因再見～

無他，味道比較好聞又不苦，喝完不用尿頻，對腸胃也沒多大負擔和熱氣，不用擔心口腔出現怪味或小便變臭。

為何這次不見有汽礦泉水呀……

已飽餐一頓的我窮人心態發作，公司便宜不要白不要，加上正值糧尾敏感時刻「有得飲唔好嘥」──決定隨波逐流，撿走一杯濃縮瑪奇朵冰咖啡。這貨要是自己付款，可是要四五十蚊一杯呀！嘻。

※　　　※　　　※

午膳過後，學術研討會將有一個大師示範的環節。

在商言商，除了心繫推動醫學界技術進步（？），我們廠一條心惦記其實要賣貨。畢竟需要不斷地產生銷量，盈利才能支撐一間廠持續營運及發展下去嘛。

由於藥物按類別受本地不同程度的規管，不准宣傳，迄今許多廠方與顧客之間的 Engagement，均須結合教學用途才能起個錨；再向下的知識傳播……便依靠市場推廣部、醫生或醫療團體公告周知去。

醫療產品市場、大家長期拼個您死我活。

我們公司今年有進步，改良了一隻易潔鑊（偽）、並成功登記進入原本已經夠白熱化的激烈戰場。

在今日的大賣場裏，我這業務代表這次被指派是擔任一個助手（順便叫賣）的角色。

雖然我們的廚師即是客戶、統統很熟悉炒餸這回事，但因為國際神秘的阿瑪遜法則，客戶不學一下拋鑊，在廚房好似不夠逼格喎！……所以成員們急急魚貫參加廚藝會場，想要好好進修一下。

下晝拋鑊示範差不多要開始，坐在場邊的廚具民工們結束 R 水吹，從攤啗 mode 變回厭世上班臉，我到講臺和準備示範大師打招

呼後，各自開了幅新圍裙穿上。

在我們公司禮聘回來的廚藝大師旁，表演當然沒我的份兒。

奴婢本日崗位只須負責準備他的 hands-on 材料，斬斬切切遞一下、身影不要擋到直播鏡頭礙事就好。

廚藝大師上台後，未落油起鑊之前先是暖個場，我在他半米後方遞一下他會用到的工具……忽然一縷不妙的感覺。出現在下腹。

像有「一格一格」的古怪空氣侵襲我的丹田——

整個是龍捲風暴的前奏，肚子好怪好怪好奇怪～～～～～～

我保持冷靜切餸，站得僵直不做多餘的動作，但背後熱汗涔涔直流。想用口形叫台下同事上來頂替下，一隻都沒有，全部站得遠遠熱絡和自個兒客戶打牙骹，啊您們這班死劊——

手上切料的動作絲毫沒有怠慢：我捅！我斬！我劈呀！鬼叫妳窮啊頂硬上！！

攪肚痛的感覺愈加強烈，金翅ＧＧ鳥……我絕不應該亂喝那杯冰咖啡，免費的東西永遠最貴，何解如此失策——在十幾分鐘內足足怒罵自己十萬次以上，核爆地腹痛。

「大師大師～給您給您～～」

我死撐著繼續手頭工作，但完全不在狀態，犯錯不只一兩次，先錯的是消毒步驟，幸好只是示範人不會死；到中段拋鑊大師他要蔥、我畀錯芫茜，他冷盯我一下，我裝看不見、死死抓回另一把扔過去。肚痛得連耳朵也在嗡嗡作響……

好不容易（真的好不容易）捱到Ｑ＆Ａ問答，縮縮已不行，我立即想衝去爆石——啊不！絕逼是岩漿泥石流！！

但我走不掉！！！

台下整班廚師突然圍上來問東西！！！

好學不要緊啊！真的不打緊啊！！您們行行好、讓在下先滾走好嗎？！明明問題只有旁邊大師夠格回答，他解答時帶一下剛才的菜色成品，我一邊用雙手捧著、一邊憋到 Nokia 式不停靜音抖～

無語問蒼天，又要偷偷泄屁減壓，又要裝若無其事！嘴角都在抽搐（裏頭在咬舌），臉容扭曲還要保持站姿正常……腦一片空白，放眼只餘人生走馬燈。

從未想過，站在放眼杏林一群江湖高手的正中間，毋須 Diagnosis，一個可憐的港籍女子正要死於急屎——

之後～發問終於完結，大師瀟灑揮個手退場。我找了個空隙閃電退場，俗稱「無鞋挽屐走」。

廁所炸三巡，甚麼都解決掉之後……我整個人虛脫。嗚！真的好辛苦，幾乎休克死掉（然後死相難看，屍體肛門還在不斷排氣播毒這樣）。

恍如隔世，出到去看同事——他還以為今日示範有啥緊急狀況，怎麼我遢得這麼快？！完事後看起來還半死不活一副折騰樣。

從這次後，我發誓，我絕對絕對絕對不會再亂喝外賣女神牌咖啡。

——除非免費送，在又窮又便秘又剛好不用返工的日子吧（斷不掉的窮酸根性）～～

《1.2 業務的嘴，騙人的鬼》

話說，很害怕那種成日刷存在感的男 Sales.

每間公司總有幾個豬隊友，敝廠也不例外。為甚麼一口咬定說是男呢？就是按我觀察的 pool，比例上口水佬居多，雄辯滔滔是 Male）。

口水佬分為兩類：

1. 純粹多口，無法閉嘴讓大家清淨一分鐘以上，或者是

2. 慣性放流料，我比較不喜歡這種，因為這種會拖累隊友（暗咬銀牙）。

年代久遠有兩個例子，就是夠遠才想拿來大家鑑賞一下。

※ ※ ※

Sales 部門定期都會開 Sales meeting，交流一下心得 / 醫院診所醫生客人動向 / 近來無恙追數追怎樣（唉，講多就是淚）。

戰略會議室內，大家輪流發表自己所負責區內最近事務。

到了口水佬「杰他他」伯伯出場，他本人今日份量的演講時份開始。

醫療診所大廈不時有新醫生進駐，如果科系適合，我們通常會拍門怒敲門鐘 （！）、抱盤桔上去混混、看下有沒有機會把我廠加入購貨名單、展開合作新旅程。

Sale Manager（SM）問到一個新開戶口，想知道「杰他他」中佬已經上門去踢竇否：到底有沒有好好招呼、納入我們旗下——

之前 SM 已追問過幾次，新駐醫生名叫龍劍剛（假名）、Dr. Lung 從公院自立搬出來，SM 特別想下屬上門關注一下。

現在人已脫離組織自立為戶，反正從醫院已開慣敝廠藥方給病人……煲一下、順理成章讓他成為回頭客應該不難嘛。

「哦？呵呵⋯⋯我梗係有上過去啦。見到醫生啦哈哈哈，新開鋪頭都幾大幾 grand 咁啦⋯⋯」

經理聞言大喜，禁不住繼續關心，「龍醫生有無講私家新開診所可以照用我地的藥？給了 DM 沒有？戶口也幫忙開了嗎？」

「畀晒囉⋯⋯有 XX 同 OOsymposium 資料佢都話有興趣，不過落貨呢度要再度一度。」

「好吖！好吖！」

「好易搞之嘛，佢都幾 nice，之前話喺醫院比較忙，出黎終於有時間見到我地添呀～～」「杰他他」愈講愈起勁！口沫橫飛！！「坐响出面前台醫生太太仲好好、幫我約左時間，我下個星期會再上去——」

全場一怔：「老婆？」

「係呀～喺 reception 嗰個呢～～」難道不是這樣設定的嗎！？「杰他他」頻頻開合的嘴唇終於緩了一緩，額際流汗。

大家坐直，正色道：「阿龍醫生係女醫生嚟㗎喎。」

冷風飄飄，果然天涼好個秋～～～沒上去拜訪客人就認了吧！請不要亂謅好不好？！謊言像肥皂泡一舉捅爆多難看啊您看。

※　　　※　　　※

第二單，也是差不多情況⋯⋯Sales meeting 真是 chok 到好多料的修羅場。

這次在另一場會議的末端，SM 開口問起一幢大廈裏，某位醫生近況。

（SM 未升職前做 rep 時有跟過這客，我在進入這公司前也有 follow 此間 ABC 診所⋯⋯這些口水佬都不太知道——也是長年胡吹亂謅 mode。）

「係呢……最近 ABC 診所佢地有無咩消息啊？——姑娘有無話而家謝醫生咁樣、會有咩安排？聽行家講、診所好似要 lease 番出去？」

「生意靜咗少少啫、我又未收到風佢地話搬喎……哈哈哈，我早幾日先見到醫生佢之嘛，下次 joint call 可以約下食飯吖。」

「Err……Err……」

我同 SM 面面相覷。呆掉。

「或者到時食喜相逢吖！好耐未飲過杏汁白肺湯～」

「嗯……」高層再遲疑。

嘛～～戳破別人的謊言需要一點勇氣。真的不忍見同事厚臉皮亂講。

交換眼神後獲得批准。劊子手我來當吧、唉，份糧有一半是用來做醜人的。在下開口：「謝醫生新年之前過咗身啦，癌症復發。」咻咻咻——全場回歸好靜好靜。沒事收工早退朝吧，各位掰～～

《1.3 扣扣搜搜大亂鬥》

很多外行的人看醫療業 / 藥廠界別的人光鮮亮麗，實質不然。

（若問我在進入這個界別工作前，曾有這套幻想嗎？幸好見識不廣，也沒有啦。）

營業代表即是銷售人員，之於藥廠算是中流砥柱的一群，而這群人，剛好對數字比較敏感，數口特別精明。

很多抱持著「賺回來的不是自己的，省下來的才是自己的」的想法，一百個人有一百個獨門的摳法。

節儉是美德，可惜如果扣扣搜搜影響到他人則不太理想……在職場裏有損顏面。

畢竟彼此在公司只屬萍水相逢，貪小便宜的人啊！請不要把如意算盤打到同事身上，拜託。

以下呈上數則生活例子。在公司叉電 / 煮飯 / 樓下沖涼 / 當作迷你倉等等小兒科暫且不提了。

※   ※   ※

雖然銷售人員多數孤狼式上班，但人在群體行動的辦公室、免不了要一齊食飯。

某些同事總是老奉，表明身份長期儲積分，每次埋單理所當然地搶單子，強硬遞出自己信用卡畀錢，再催促同桌的冤種們科金回水。

要是迎新優惠，大家同 team 同 dream，伸個友誼之手完全無所謂。但信用卡迎新……最多應該不多於三個月的黃金期罷？

我公司那個：整整三年以上都在狗衝 mode！長貧難顧啊，大佬。

如果精打細算之人想 R 盡，不如自習，多看多閱網上攻略 / 優惠情報，總好過被同事在背後議論紛紛呀。

藥廠 Sales 這行終歸有點靠著社交成份，大師您的人緣……到底還需要嗎嗎嗎？

※ ※ ※

除卻醫生，代藥廠向病人講解產品的，其實還有護士和診所人員。

作為工作一環要提供正式培訓，為了幾方資訊同步，一如常調，我們借用某家醫療集團兩小時。

他們 block 掉整個時段，不收症：預定集合在診所內，邊吃贊助飯菜、邊聽我們和當值醫生來講解廠家訊息。

那是我負責的診所，事情大小當然我操心：找醫生湊腳，忙著與診所打交道，訂好到會，印刷筆記，吧啦吧啦。

和我同行還有一名小婦人同事，忙東忙西的我，早已忘記她存在。

商場求省事唯一方法就是提高預算，有錢好辦事，負責人我對準公司批准的人均上限把食物金盡科，大家開心，卑微打工人的我相當開心。

那天到會的食物準時出現（超重要！），賣相見得人，擺盤精緻值得上 IG，不少更是一口 size……噢，真是貼心的 me.

打理完回到主講位置，可是進行 presentation 時，卻發覺台下零星交頭接耳，氣氛不太對。

找個籍口把麥克風交給旁邊醫生接著講，本人我滾下台去視察，中心 IC 姑娘立即上前告訴我：「喂，妳同事收哂啲盒、唔畀食啦喝咩事！」（喂妳同事把盒都收掉，不許我們吃是個甚麼的說法？）

我一呆，小腦袋還在 load。

只見眼前咱廠的同事把一個個食物紙盒啪回原狀，張羅著膠袋

裝好⋯⋯她她她為甚麼在打包？？

「XX 醫生和 OO 醫生還未到呀！他們正在過來。」我阻止。

「啊呵呵，知例遲㗎啦。不過他們肚應該不餓，我免得東西都髒啦，收拾一下──」

「不用收！妳放著！」

「哎呀～我見今晚唔得閒煮飯畀我老公同阿仔，反正有剩盞浪費食物，打一打包當外賣拎回去⋯⋯」

管妳老公兒子飢荒三十！干我底事！！

「真係未食完喎！我買畀診所食，並不是留給妳的！唔該妳縮一縮手先～～」

我強行重新開放飲飲食食區，診所人臉皮薄，一有人收拾就不會上來夾食物。

當烏鴉飛走，食物區場面重新熱絡，聽眾跑回來取第二輪的熱食和冷盤。

人跑掉大半⋯⋯連講者都傻眼，只好暫時停止發言。

沒有食物的培訓，嚴格來說，就不是培訓啦～～～

後續是：我再沒有和那枚同事同台出訪過。

※　　　※　　　※

另一次在 office 食飯，另一枚摳門派弟子。

已忘記那天選的是送餐袋鼠還是外賣國寶：一群大班人撳撳撳揀完，把手機交回老摳，他開開心心一人付全家。

飲飽食醉，各人自動問返個數，輪流 pay you。

他 request 的數字是我記得的價錢多添幾塊，我當四捨五入，豪畀您罷！！！全人類知您 cheap 慣。

　　好死不死，食完執拾垃圾去 Pantry 時，老天爺竟然比我瞄到膠袋上飄揚的收據。

　　原來餐飯有入 coupon code，全單扣減後根本只需七！折！而！已！！（真的有氣到）

　　全場稍一不慎，又給丐幫幫主他這次成功化緣，呃到一頓免費飯食。

　　可能這才算是所謂「精明」，但倘若我屬管理層，看在眼內，真的信不過這種人。

　　大家好歹同公司、非親非故，其實我也不想講到您壞話（有人問我～我就會講～～）

　　有著數立即狗衝的貪婪一面嘛⋯⋯ just keep it to yourself，ok ？

　　By 常常一不小心就被您搜刮怒 R 到的可憐同事

《1.4 打開 Sales 小氣簿》

可能正因為做著 Sales rep 第三級生產服務業，我看不起「看不起低下職業那些人」。

初進藥廠上班，如果負責是某種藥的 medical representative，潛台詞來說就是 Sales。

出面風大雨大，我們自知食物鏈底層，一手一腳爬出自己的方向，希望走出一條職業無分貴賤的路。

除了西客 / 奇怪 users，最大惡意，往往來自身邊的「同事」。

以前一名 Marketing 部門的女同事阿花（假名），是其中的表表者。

「女人最愛難為女人」，在師奶仔她的身上表露無遺。

阿花開口埋口：「好人好者、大學畢業做咩野 Sales 吖，好奇怪嘅諗法」，「我老公唔會准我做囉！對住三唔識七的醫生拋頭露臉……」

有時同診所合作，她不用湊客買單、老實不客氣。「我夠鐘就走㗎啦！點會得閒同你 OT 呀？我要買餸煮飯畀老公食～」之類。

言談間，經常感到來自已婚婦人的一股正氣。

對於藥廠 selling，內勤如她自有一副心得：「醫院診所啲藥，係用你實會用你㗎啦！最多定時定候、著條短裙仔去嚛下……咪有單番囉。我唔覺得 Sales 有幾難做喎！！」

在重男輕女的婦人阿花眼中，所有女 Sales 都是用「高速旋轉攻三點」來取得訂單，沒有例外。

基於以上 mean 精言論，頗多同事對她採取不聞不問的態度。

直至幾年前，花婦人她從藥廠落馬，一度銷聲匿跡。

最新消息是她轉啊轉，轉到 distributor 一間細公司……也是繼

續幹 marketing，沒有離開老本行。

因為疫情，她另一半屬於首當其衝、無奈硬食的三大行業，必須長放無薪假。

女大當自強，最近阿花潛心辦網店，試試人生可否翻個牌。

除了伸手盡 chur 朋友，全部邀請要來 like 她商店 page 外……進擊的她，打鑼打鼓乘勝開 live.

在開播的時段，大意如我誤打誤撞進去，加入觀眾小貓三四隻。

聽到她口沫橫飛的 hard sell，我腳趾尷尬得原地摳穿木地板。

說好的做 Sales 超！容！易！呢！？！？！

（堅揪銘記於心，我早寫進內心小氣簿裏）

直播畫面中，我只看見一枚師奶在無定向尖叫：「好抵呀好抵呀」，「仲唔同我買？係咪朋友先？」，手很忙還會拆開商品、隨手揚揚下（即是以下開放全是二手貨？！）。

內心 OS：

「FAB 沒有嗎？銷售員嘅話術哩？STP 不管啦？！Any present pain future gain？入這批代購之前，其實妳可有 SWOT 過個市場？……」

不敢說 Sales 很專業，但阿花這種中途出家，三六九流也著實太業餘。

明明以前公司開班 selling skills 因為課程昂貴，強迫全體部門一起來聽的啊。

在她逐個觀眾點名叫大家買之前、我趕緊溜了溜了～～

感謝她。

讓我覺得這些年不算太白過，獲得一些經驗，一些自信落袋。

千金不換八年多。

《1.5 群魔亂舞婊不停》

事關我公司最近有幾個臭錢、可以扔落 marketing 的汪洋大海，找來了一幫 vendor 貴婦團。

Media 媒體行業，原來是綠茶集中地（地圖高射炮）。

每次開會，總是不同漂亮的妞挽著不同的手袋，巧笑倩兮⋯⋯這類公司養出世間不少是非精吧！我深信。

敲定細節有部分需要跟我們 Sales follow 下。首枚 whatsapp，綠茶姐們平生第一句例牌：「Dear 妮妮，may I ⋯⋯」教人惡寒打冷震。

Dear 甚麼呢，我今日才識妳、人又不熟，是在 De 條毛？（拒絕社交）

第二天約好，到某位醫生處有個小訪問。

野女人們一進房，秒變迷妹，聲線花痴高八度已震攝眾人：「哎吔 X 醫生呀！久仰久仰大名！！」

好彩未食早餐，唉。

明明妳臨入門口先睇到人地姓甚麼⋯⋯我就站在妳旁邊耶，好怕給雷公劈錯。

還有是想特意分享一下⋯⋯為甚麼這些女人，這麼喜歡 cut 短人哋個名黎讀？？？很親暱嗎？？我無語問蒼天。

我英文名叫 Elizabeth 啦（偽），妳就在客人一遍又一遍叫錯：「Elize 佢一直都同我講，阿醫生您 OOXX ━」我和客人面面目覷，不到最後都不知道在講誰。

好好說話不行嗎？！靠。

另外一次的綠茶婊現，我真的忍不住要出手了。

※　　　※　　　※

某位醫生 X，和我（公司）關係還算不錯。

他的專業，可以協助公眾認識一下敝廠旗下品牌……這天我們牽線到傳媒，約醫生上來一次培訓講解。

而碧螺春她就是今日 marketing 的公關代表。

醫生和我認識很久，外表挺拔出眾，門外玻璃還貼明額外兩個碩士銜頭，in case 需要展示一下智商。

凡人如我，一直將他牢牢放在心中供奉的神壇位置，從來沒有絲毫要和他深交的雜念。

但碧螺春她就不同說法了。

一看到醫生，她眼神立刻亮晶晶，再遲疑如我，也覺苗頭不對。

熱情的妞先是伸出柔荑、示意要無意義地先握個手，交換名片。

醫生有禮貌接過，一貫斯文淺笑。細皮嫩白的才俊肉好危險啊……您本人到底知不知道！還笑？！

在攝影師和助手 set 場時，期間有多次空擋。

碧螺春坐到我客跟前，一時說要對稿，一時嬌聲連連，想蹭他枱上醫學模型來看……

雙腳交攏又合實，高跟鞋半甩，只用腳尖撐住鞋的前半掌，鞋踭在後跟晃呀晃──說到感興趣的話題、還嘟著嘴咯咯笑。

這塊算盤，打得五米以外也聽得到。

我看看白淨的客，再望望猛烈朝唐僧嫩肉進攻的妖女：不停在結網，再不阻止、她第八隻腳又伸出來喇！喂！猴急成甚麼鬼樣子──

終於我待不下去，強行找了個空擋。

喊完一句「借一步說話哦～」，半拉半拽走她和我進旁邊一間診所裏備用的吉房。

我關門，轉身用背頂住不准人走。她笑容稍為凝住。

我先吸啖氣，異常冷靜地開口：「我知道呢，妳第一次和我公司這邊 KOL 合作可能真的很興奮。

不過這裏始終是 OOO（我藥廠名字）同醫生商業合作的時間，希望妳尊重下工作場合。私人交往或是其他社交邀請麻煩控制返啊，唔該哂。」

剛才她只是不笑，聽完我講的說話——噢！阿春正式黑面，一言不發大力蹬著高跟鞋回到場地。

……才沒有人管她開不開心。

和 vendor 搞這壇只是一時，我和自己醫生客人的關係才是長久。

在我眼皮下，我絕不准她打我客人的主意。

醫生以為這就是我廠質素那就糟糕透頂了——日後面子往哪擱、江湖還能怎樣混？

而且萬一讓醫生太座知道後果更可怕，隨時搣架生、斬我十八段不止呀狗頭保命——

一陣磨合後，演示最後圓滿結束，成果居然挺理想。

醫生滿意，團隊順利收工。一個人的不快樂算得上甚麼。我爽。

這等綠茶來一隻我滅一隻，來兩隻撕一雙……當道理站在自己處，無畏無懼耶。

Anyway（btw. 婊們都很愛用這詞，假惺惺表示自己不 care），但願明天世界比今日少一點綠茶婊就好了。拜托。

《1.6 老闆的副線任務》

講個某次出差印象比較深刻的副線事件。

話說，藥廠公司這次一行 X+1 人浩浩蕩蕩，遠征珊瑚國去。

珊瑚國旅遊景點和酒店設施甚麼也不缺，當幾組人手完成各自工作，紛紛各自脫隊修行，打算出機場再見⋯⋯像跳蚤遇上滅蚤藥、整群逃離宿主。

而 X+1 人裏的那 1 位，當然是尊貴的老闆大人 B。

旅程臨近尾聲，他還需出席當地一場船上的公事聚會。無奈咱方潰不成軍──由於同行團員全部仆出酒店去玩去街哪大氣，只剩下香港區最大粒的他一支公。

可憐的 B 好像覺得身邊沒手下，未夠派頭內心不靠譜，早上開始已周圍問人晚上要不要和他出去。

到當日朝早喺酒店食堂、遇到正在暴飲暴食的港女下屬 N，嗯嗯就是階級體制最小的一粒。

B 出聲：「唉！妮妮，這些菜色咱們不希罕啦！～～我下書剛好約了這邊幾個行家上船傾生意，應該仲多好西 serve 啊！說不定其他廠最靚的仔也會來⋯⋯本地人杠杠啦！妳要不要同我去應酬瞄一下怎樣？」

連早餐都不太捨得出街食的港女 N（外地食飯能報銷，但公司政策要耗三十天，常出差的人、份糧永遠無止境被壓五位數），腦裏立即出現甲板上衣香鬢影，踢死兔猛男環繞──

「──好呀老闆，跟您學習囉～」

反正我那套 Formal dress 穿完一次未洗，返香港前還能再用一次，耶！計劃通。

※　　　※　　　※

出海應酬在傍晚時份，港女 N 下午在酒店房滾來滾去，先重溫 The Bourne Legacy，再來一部打 Zombies（忘了名字）……好不容易捱到指定時間、下 lobby 等老大 B 時，肚已餓扁。

呆坐十五分鐘，原來老闆他自己都忙到忘形，所以慣性又遲個到。

一輪擾擾嚷嚷，兩人相比原訂時間起碼遲足三十分鐘出發，到岸邊上船處——嗯，的確是遲了不少啦嘻嘻（我倆不知在驕傲甚麼）。

可是，船……船呢？！

兩名外省人氏呆在岸邊、抓起船家之類物體一問，怎料——那班落日巡航的遊艇，原來已經開走了！！！

悚然一驚，是不是要撤退回酒店惹？明明遲到的又不是我，是旁邊出我糧的這隻——我內心在瘋狂翻白眼，好想抄起碼頭木棍，狂敲人腦袋……臉上繼續平靜不動聲色。

搞手其實留下一名好像是水手人員。

他提出 contingency：貴客您隨我坐水上的士去追！！！

咱們生意老大 B 一聽見、雙眼凜然瞪起：「妮妮！跟我上這船！！」

連「哦」都沒「哦」得及，這枚擔心今晚無著落的荒失失港女 N，便被拉上快艇去——

來到本文重點了，我粗體 bold 一下：快·艇·原·來·是·好·（給您填）·快·的！！！！！！！！！！！

來自陸地 MTR 全覆蓋的城市女如我甚少坐水上交通，快艇大概跟泰國來回 P P 島那種差不多……但座位算少，大概三四行、坐八人以內。

我倆後面的當地掌舵人，在確認兩人上船後、開始不停不停加

速——加到三個摩打愈來愈大聲！碰碰碰！咚咚咚！！吵死了！！我手沒空，現在要抓緊扶手還是蓋耳朵啊？！——

港女我嚇到全身抱實鐵欄，第一個出聲：「（背景是超嘈的衝浪及摩打聲）Hey Hey！Man you are way too —— fast！！！」

他咧嘴笑：「Fast？You want faster？？OKAY LAHHHHH～～～～～」

仆街了佢唔識英文！！！！！！！！！！

一個個浪從四方八面湧拍上船、上身入埋口，又凍又咸！

船速極快，快到港女抓住旁邊幼柱，幾乎想死，眼尾瞄到老闆鑽到掌舵人那副舵枱旁邊的小角落——正想怒跟過去避水，豈料這裏恰恰僅夠遮一名中年男人的身軀，老闆大叫：「等等我有電腦！先遮我！！！」（？？？？）

嗚哇您這種老闆就為左遮部 laptop：由——得——下——屬——去——送——死？！？！？！！？？

前進攪拌機，正不斷拋鑊般拋起港女。拋完又再搖呀搖、被鹹海水潑呀潑…… 全程足足五分鐘還是十分鐘。

中途應該有減速，老細抱著電腦緊靠個船夫、成功乘著海風怒吼開慢啲……駁到上大船時，港女 N 未見到仔，經已全身濕晒。

安頓下來，前面應酬區食物充裕但完全胃口已倒盡……遠觀老闆變回一尾活龍，在乘客堆裏游來浮去，講錢特別精神，只有我無福消受，不支想倒地。

飲完也淋完海水開始頭痛，濕冚冚。

妄想不成，瑟縮倉房一角用毛巾勁擦，乞衣仔印象模糊度過這晚。

最後完場，回程跟大伙返到市區碼頭時，頭髮仍然未乾。不用

再坐快艇已很感恩。

回想坐在洗頭艇時，簡直就似 Discovery Channel 跟大自然搏鬥⋯⋯交感神經僅剩下凍感，腦裏一片迷濛，只想住保住條命返酒店不用動用保險。

老闆這隻商場老狐不能信啊！當年我就太年輕。

沒事也不要亂坐快艇，尤其是趕收工（我懷疑）的水手，是癲的。

一旦真的要上船，也要在岸邊手速翻查旅遊保險條款、穿好救生衣啦！以慘痛例子呼籲在場各位～～～

《1.7 提及它連喉嚨亦會沙》

藥廠界 Sales 界別內，三五成群、為人熟悉最易講的放負材料，都拜物流送貨所賜。

我們賣藥追著每季銷售目標跑，其實在收集好訂單、輸入系統後，基本上已完成所有工作。

將藥物運送到診所⋯⋯橫看豎看，也不像我們職責範圍的工作吧。住海邊嗎？能管這麼寬？

香港無論大藥廠 / 細藥廠 / 不知名的一些分銷商，大部分物流由一間叫做「斑馬物流」負責運送，是行內的龍頭。

Every time 來陰的，總是暗算我。

倒霉的那次（但永遠沒有最後一次），斑馬團隊幫我們藥廠，正向診所送呈某張訂單。

那是一張溝通過、算正常的［買 A 送 B］單。

同門藥廠旗下，例如向 Sales 購買 30 盒 A 藥物，我們同意安排贈送 2 盒另一種類的 B 藥物。

這張單據上售出 30 件 A，然後 Free of charge：2 件 B。

正常途徑中、這張單只會收 30 x @A 價錢，而 B 在 delivery note 會顯示為 $0，贈貨嘛，電腦設定不會有數值。

好死不死，出貨那天剛好不夠 30 件 A 款貨。

日理萬機的物流人員貪方便，自把自為把訂單分拆：是日僅送出兩件 B 的免費貨⋯⋯將 OOS 的 30 件 A 的指示先晾一邊。

一貫斑馬集團的作風：零溝通，不通知，混亂不堪——有送上門，沒扔爛貨已是您是日小幸運吧？Count your blessings.

（如果某天收到它主動傳電郵來跟進事項，反而您最好先祈個禱、胸口劃十字⋯⋯一定絕非好事。）

診所集團收好收滿免費兩件 B 貨後，當然開開心心，潛回水中不追其他。

更過分是，後面隔了兩個星期當補回 30 件 A 的送貨時，姑娘她忽然失憶、堅持拒絕（reject）及當場彈回此訂單。

有時會很氣惱……喂喂！您總不能 order 完開心樂園餐，拿到玩具立即收進袋，然後反口說不餓、拒絕上餐吧？！

厚臉皮的人，天天刷上限……醫療服務的規則，又總先站在消費者那邊，執手尾執到心很累。

如果您是行家，同一個世界、同一個物流的話，謹在此送上 free hugs.

有它做物流豬隊友，Sales 心裏苦（抱）～

不過呢，因為斑馬物流出了名污煙瘴氣沒交沒帶……竟然也有一點點好處。

眾所周知這家集團太爛了，Sales/ 診所 / 公司會計甚麼鍋都可以甩上去，妥妥的扛得住。

例如有次我老貓燒鬚，忘了替一間診所下單。

那位客人等呀等，足足等半個月之後，不安致電問我：點解這麼久還未有貨到。

我一聽：「！！！」

糟糕！好像忘記替他們下這張大單！！現在怎麼辦？！

正想引頸成一快、趕緊賠罪之際，診所姑娘燦笑：「算啦！我知道肯定唔關妳事～～ 一日到黑最衰都是那間垃圾斑馬牌，每次送個貨都一頭半個月，司機又長期黑臉！知妳辛苦了！幫我問問、我會安撫醫生，他怕不夠貨而已──」

呀呀呀！姑娘妳這刻散發聖母光輝──

　　老實說原來「衰開」呢，也有衰開的好處（反向操作）。只要稍微改善、應已足以讓恆常受虐的大家刮目相看，感激萬分。

　　這次的黑鑊交給斑馬來，暫時就不拆您祠堂啦～～

《1.8 無奈您最夠刺激我（前篇）》

一來到夏天，潮濕炎熱，免不了出現蛇蟲鼠蟻和人類共存。

和眾多典型港女相似，昆蟲生物之中，我最受不了小強。

個子黑亮亮、油膩膩，光看到踪影已夠我坐立不安手騰腳震；如果牠威風凜凜飛撲起來，我能吐魂原地去世，整個認輸！地球拱手送您送您——

不過戴著職場面具工作時，處理的態度會截然不同。

某次在一幢舊樓 call 客，我和醫生兩人站在他診所房間的洗手盆旁，傾談著 promotion terms.

旁邊不遠有點動靜，定神一瞄：一隻小強打橫路過，正正溜到我前方大白牆上。

牠也剛好抬頭看到我，我們成功 eye contact 了去牠 XXOO 我虎軀立即一震。

兩根深棕長鬚似粵曲名伶，揮霍幾下像打招呼，熱情且好動。

目測有 5 cm 的身軀殼有成年人類中指那麼大隻，XXXL 級肥美。

我僵硬地拿著 iPad 繼續 present mode，年輕醫生的視線完全看不到他身側。

Demo Video 播到一半，鑽不入去櫃邊的強哥，U-turn 又出來，回頭跟我 say hello。

終於第三次出現，我內心的小公主人格已死透透（大力關掉迪士尼音樂）。

我不行了，實在忍不下去牠在我跟前晃來晃去！今日不是您死就是我亡！！

上班就得做事搞錢，千萬不能有個人想法，遇神殺神，見鬼殺鬼，

女人不狠地位不會穩——

醫生用那盒橡膠手套就貼在櫃邊，我快速抽起一隻 M size 套上自己右手，直接伸手抓住阿強本尊。

看到醫生 L 也呆掉，超級不好意思：「哎呀！點解會有甲由嘅——」反轉抽回膠手套打死結腳踩踏板扔入垃圾桶，幾秒內一氣呵成，繼續講解。

「可能隔離單位裝修吧，我求先見到有工人推物料……。」

專業面孔帶到底，我還好心打圓場。心想我手髒死了！有沒有誰誰誰可以幫我砍掉。

上班果然就是鬼上身，下樓後我意識回籠，趕緊跑附近公廁瘋狂洗手五百回。

到底是哪個人格跑出來幹的好事？回想起來連自己都怕。

頭皮發麻，背脊涼透，好恐怖好恐怖好恐怖。

我以後不要上門 call 這客，有事還是燒紙吧～

《1.9 無奈您最夠刺激我（後篇）》

同一個夏天，相隔兩個星期、我外出走訪到回九龍某區商業大廈 call 客。

有客喚我，按正常接待流程走、我就上門叫賣 pitch 一下……Sales 的能耐，就是按磨爛了多少雙鞋決定的（日劇梗）。

那次很成功，剛私人執業醫生開口問到的題目我統統成功答好答滿，滿分是 10 分的話我應該有 11。

搞定收單後，醫療中心的姑娘還從醫生房接回我到門口。

每層有兩部電梯，其中一部維修中停駛。

全幢全人類眼巴巴只能等另一部，這部電梯也像拉牛上樹、緩慢得異常。

不想礙到姑娘送客時間，我隨手一指說自己走樓梯了，開開心心灑脫道別。

香港有不少整幢式的標準醫療大樓，全部普通科 / 專科 / 奇難離症科統統同一幢。

如果看不見那類防火式推開即狂響的鐵欄……我們 Sales 也習慣走動上下「洗樓式」走訪，好過乾耗著等電梯來。

那醫療中心在四樓，整體照明也不算太過暗，我毫無戒心地走進後樓梯往下走──

愈走，愈不對勁。

周遭雜物開始很多，走火通道來說、明顯是要罰款那種不合格。

紙箱東歪西倒，還有鐵罐爛傢俬組件，空氣飄著既濕且霉的味道。

我手執 iPhone，沒有特亮電筒功能，只靠熒幕光、拉著手袋肩帶拾級而下。

現在已是第二層，也快到大堂了。

這裏二樓好像沒有出租，後門深鎖只能繼續往下，專心向前走到一半的，眼際忽然黑漆漆、像有層影掠過。

內心湧起該死的困惑，不疑有詐的我抬眼（連同握著光源的手）——

旁邊之所以有動靜，是因為整面牆上黑壓壓、萬頭鑽動的全是甲甴！

我瞳孔倏地放大，腿軟半秒立即振作奮力往！下！跑！

人在極度驚恐的情況下、只餘逃命的本能。是完全連尖叫都會忘記的（也幸好，跑進口的話會暴斃吧）——

第二樓衝到一樓的距離，像瞬間打了大 A（強心針）的我，有達到人生的 PB 最佳跑績吧？後生十年跑學界接力都沒那麼快！！

一樓是間韓國炸雞還是烤肉餐廳，有個落場的師傅在抽煙，甫回頭，就見我滿臉淚痕飛奔下來。

「有、有好多甲甴呀嗚……」我上氣不接下氣，看到有人類不是昆蟲就像看到救星。

「後巷地方，預咗係多㗎啦！」他不以為然，但見我飽受驚嚇，終於釐清情況有多惡劣，「妳唔好再行啦！跟我出番去！」

「唔好意思！唔該您啊您人真好……」我胡亂用手抹抹臉，虛弱得很。

中年的瘦男人帶我穿過關上大部分燈的食肆，回到電梯處，逃不過繼續等電梯。

回到車水馬龍的彌敦道旁邊，扶著鐵欄杆好一陣子，魂魄才能正式歸位……富士急鬼屋都沒這個恐怖。

嚇過這次之後，我記得有半年都在 PTSD。

接著間中幾次發惡夢，就會回到那個暗後樓梯，此風不可長。

那年至今我都沒有再 call 那個地址……再次見那客已在業界的 symposium，還有他搬新鋪後、才正式脫離黑名單。

剛搜尋一下資料，在 2022 年疫情最凶的此刻時份，呎租竟然還要 @$27 元。呿！勸勉各位土豪有錢都不要租啦，此地超凶啊，受害人我跟大家老實說……

《1.10 致 newbie 的細 O 迎新信》

暑假將完，有好幾位新血在 grad trip 後加入敝公司各隊目（入世未深，HR 好強啊全數騙入來），樣子稚氣未脫。

難怪最近偌大的辦公室、總隱約飄著青（汗）春（臭）的氣息。

我間中直入領域（Direct To Field 可以這樣譯嗎），他們又忙 training，沒有好好做過新員工 briefing。

作為老鳥，還是自覺有責任寫幾句碎碎唸——但願當初入社之時就已知道的事。

• 早上見到同事，說聲「早」，說聲「您好」。

• 好吧，或者對年輕人要求太高啦？其實不用嗌早晨也可以接受。

• 但同事向妳問好示意時，眼神不用避開，嘴巴更不要「Jeep」好嗎？聽者有意，「噚」的一聲會燃起老鳥的莫名洪洪大火。

• 同樣，食飯時保持基本教養，咀嚼不要發出太大聲音，興高采烈時別用筷子劍指著別人說話。

• 求您睇下前輩說話要聽啊，我自己都仆過好多次街。

• 對啦，關於我們公司的傳聞都是真的。

• 如果您爆數，您完全可以去走廊屙尿，GM不會干涉、更可能遞廁紙。

• 同樣地，Online courses /API 上堂 / Joint call / 入 Veeva 之類 KPIs 統統無視 able 的，前題係您能搞掂班 KOL / 入藥 / 幫我地講書的話，您可以繼續響走廊屙尿。

• （不過為甚麼能尿這麼多啊？尿頻請您最好關注一下前列腺）

• 公司 94 社會的縮影，請您務必要有點戒心，大家上班搞錢為主，不為交朋友。

• 說出上一句原因是某個早上，有枚小白問：「姐，妳一陣去邊？」我：「大西北呀您呢？」「好劫呀我番屋企瞓先」感到震驚。而

我們認識並不深。我無所謂，但堅持躺平的您自己睇路啊，酷愛打報告的老海鮮們就在附近⋯⋯嫦娥都要自己奔月啊您算老幾。

- 除了同事，客人也要好好提防。

- 凡事 black and white. 新手入行您可以看起來蠢，但總好過一開口就證明您真的蠢。準備熟多點書、才出去見那群溫暖的神們吧。

- 頭幾次見客 present 緊張超正常，以下是我獨門方法：您可以幻想前面醫生是任何您熟悉的生物，當佢係屋企隻毛孩又好，雞蛋哥又好，會沒那麼容易緊張。

- 香港有一萬幾千這麼多位活性的醫生。「東家唔打打西家」，一間大廠年中得罪幾個醫生、其實有幾閒啊？平常心啦放輕鬆。

- 還有一些診所不知在嗆三小。明明完全從未入過貨，次次都在發飆亂放炮⋯⋯我們怕甚麼？難道它還可以負數？您再對他們客氣、我就準備對您不客氣喇。孩子不准亂跪。

- 不過真係大粒的 KOL，您最好找我們傍住先去送頭。太有自信達咩，唔該。

- 遇事不明白很正常，可以拖延一下去問同事的，拖一拖至決。

- 尤其當診所們咬實攞著數、拚命要我們壓低價錢，formal sentence：「我返去同經理 double check 下。」就算您後面完全無人唔需要批准⋯⋯先刁難一下、我們輸人不輸陣！

- Ipad 是您手上一項武器。不過別給醫生行家看到入面敏感資料。

- 承上題，好尷尬是某次用到，版面上有前同事 remark 過一些關於某個醫生的 post-call message：「不要再畀免費貨佢，食客。」而醫生他本人那次就在我眼前。

- 希望我們能好好相處：儘管大家沒有打算在職場交朋友，待在同事這層面也可以合作愉快的。

- Warm Regards，老鬼。

第二章：集合吧！溫暖的神們

《2.1 冧巴溫捨您其誰（皇冠）》

趁著秋高氣爽，來分享歷年來我心目中的冧巴溫最溫暖的神。

在中型跨國藥廠裏推銷售賣西藥，客人絕大部分皆為醫生，或者他們另一半正室們。

溫暖的神類其實就像複製人全面進攻：無論身處哪個服務行業中，日子一久，相信不難相遇兩三位經典人物（奧客）放口袋，隨時傳頌予行家世人知道。

那一期我作為「行街」Sales，做某區地鐵沿線的私家診所。

在本地私營市場，若醫生剛離開醫院想小試牛刀，不想自己全負擔月租診所，有些會跟其他醫生合租同一處地方，方便診所事務。

門診病人自動會和醫生夾好時間上去，不用多管。接待處通常有位萬能美女，身兼數職，聽電話／基本查詢／藥物簽收，假如醫生臨時想借眼，當十分鐘姑娘進去跟症也可以有。

其中一名合租的房東 P，是我的客戶。

因忙，他和我差不多斷開一年沒連絡……突然有一天，十萬火急打電話來說有病人在他門口，情況極為趕急、想先賒借幾盒公司貨。

當時我仍算新手，甚怕得失客人。

加上基於人道理由，內心不願病人因為物流問題受苦受罪。一時鬆懈。

[嚴正聲明避嫌：普遍廠方現今已絕不提供類似協助。全部註冊受管制的藥物，必須遁正常途徑、運抵醫療場所]

53

有句俗語說得好：借錢畀人時算您大爺，借完想收回？頓時您連孫子都不如。

市值好幾萬塊的貨，催促了差不多兩星期，也沒有要歸還的動靜。我忘記輩份再追，下一步大忙人已讀不回——

最後客人給我的答覆是，承諾會訂的藥物 terms、確認還是訂不到了……早前借走的幾盒貨，交還給妳當沒發生，退下吧。

過幾天，我抽空回到空殼診所，取回交低的白色診所小袋子，望望入面數量正確就離開了。

回到公司時，我終於發現不妥之處——

這藥盒並非香港正版貨，上面甚至不見香港註冊編號（本地藥通常列明登記編號）。

雖然包裝顏色 logo 一樣，成份通通也一樣，你知我知單眼佬都知，明顯這是循外國不明途徑進口的水貨啊！不可能在文明市面流通。

一秒跳大掣，我怒不可遏……我東奔西竄把正貨借到您手上，您竟然有臉還其它國家的水貨給我，好意思嗎？有沒有搞錯啊？！

大神 P 繼續神隱，一如既往在忙，雙藍剔就是不覆。

我無視他正籌謀多大的茶飯，遙距撲不到、照去醫院／診所／所有他掛名的據點，生要見人死也總要上香，就算通宵紮上營都要捕捉他。

可能連他姑娘亦頂不順我凶猛之勢，當事人終於應我的機。

P 神口吻一般，意謂明明是同一款藥物，只不過他找到辦法從其它國家買回來而已。

病人用的時候也不會看到盒外面，何不拿去照用？大廠應不缺這顆貨，才少少幾盒（？）妳找姑娘蓋回印、把表格交一交當

sample 送客不行嗎？誰把妳教成這樣不懂變通，要找事挑事──

經歷一番寒徹骨、我以本書不可描述的諜對諜之後，萬幸最終能追回失物（雙手合十）。

他診所最終同意訂購相同數量的港版藥物，歸還給我們香港正廠。

之後他再沒搵過我嚕～～ 僅有一次非常偶爾地在行家口中，聽到他譏諷我強行屈人落貨、所以大人森７７、以後拒絕跟我公司做生意！全（胡鬧）劇終。

Whatever.

就當大家相互撞到邪，以後各走陽關路、姐已 don't care… just have a nice day！ 我諗聽日一定繼續會好天氣 der ～

《2.2 榜上有名還有您》

某天早上醒來睏意仍濃，捽完目屎，打開報紙 app，彈出一則病人深夜偷潑西醫診所鐵閘紅油漆、大字寫上「庸醫」的報導～～嘩嘩嘩！頓時醍醐灌頂，醒晒。

有人做咗我夢寐以求嘅事蹟啊啊啊（興奮）（尖叫）（高潮）（顫抖）～～

能夠淋（某心目中）奧客醫生診所紅油，是在腦內幻想過千萬次的社畜小劇場。上帝原諒啊，我還只有想想而已。

（做藥廠 Sales 做到心靈扭曲、不止我一個對嗎對嗎？）

屋邨式的普通科醫生，在我現時工作頗難接觸到，在數年前規模更小的細廠，才曾跣獵過。

GP 的個體戶經營，生態和連鎖式診所有點不同。通常由主持人性格，來主導診所氣氛。

即使擁有相似證書文憑，幾間診所同樣開門睇傷風感冒……街坊也會用腳投票、湧到某一兩間心水診所，導致長期排隊攞籌。

而其他附近診所呢？永遠空蕩蕩，等待執死雞（隔離太多症等唔切才射過來）。

有次某區告吉（同事辭職以致無人跟進），當時客人翻牌子 call 我到場、我就香噴噴送上門了。

——自那天起，日後講到淋紅油這個項目、它就盤旋在我腦內揮之不去的 top one 了（攤手）

　　　　　　※　　　　※　　　　※

｛背景音樂響起｝

臨時奉召上門的這區位於港島，大神 M 伸出龍爪，那次倒霉的就是我。

我當時的廠賣的不只是藥，算是電子技術再佐以實物。

客戶他正申請某項短暫的使用許可，我廠同意贊助及豁免這五位數的價錢，但需要他見一見我。

當時電話約好過程需要五分鐘，但必要時、廠方代表可以兩分鐘完成所有 procedure。

簡單來說：見一見我、付出兩至五分鐘時間，他可以無其它成本穩袋萬幾港幣等值（which is 是他主動 requested 的）。

醫生同公司廠方約咗三點半，我再次獨立向他們確認：3:30pm，即國際時間香港特別行政區（GMT+8）小時的時區 15:30。

電話中姑娘轉身同醫生問時間，模糊的背景裏港籍亞裔男人應聲，有來有往。

※　　　※　　　※

15:15 我預早到達，被通知醫生出街食飯中，我搽上 Dior lipgloss，挺直坐在診所中間梳化等待

15:30 診所堆積病人中

15:45 醫生到，Full house 五人左右。Sales（銷售員）滿臉堆上假笑，猶如漆黑中的熒火蟲，理應從周圍的老弱殘員脫穎而出。

他淡淡瞟了我一眼，快速鑽入診間，從手持環保袋子他肯定知道我邊間廠。

15:50 病人不斷被傳召，但沒有我（名片早已遞）。

16:00-17:15 病人魚貫進入，來幾個散客，攞完藥走一批，姑娘只叫我等，我聽到入面唯一把聲音道：「Sales 排最後得啦」。

17:30 診所同一時間回落至一兩個病患左右。有些新客，填表對緊身份證中的空檔裏，醫生 M 繼續在房裏努力數手指。

每當客到，但凡搣緊橙嘅阿婆／腋下夾住馬經的阿伯／畀阿媽

抱住的細路……無論何時進診所都好，姑娘定必放低手上工作優先處理……我當時入世不深，畢業未滿兩年，暗忖 Sales 是咪要等一世？咁不如您直接約我 20:00 罷。

17:45 第二次查問，不過姑娘拉長塊黑面，堅稱約過醫生都要等、一定要先看病人。

該時段客人已極為疏落、在下甚不了解仲等甚麼。

我望一望貼在玻璃窗的紙仔：「不如妳當我係病人啦，三百二蚊兩日藥。唔要假紙，您預正式收據畀我得啦，唔該晒。」

17:46 入房

17:48 出房，with a signed consent

紀錄番這件舊事之後突然覺得好青春，我再沒有等任何一個男人、等足兩個幾鐘頭。

同樣 case、而家個人能忍受上限係半個鐘頭；您睇緊症又好，OT 房都好，如果毫無 time frame 忙緊其它，倒不如我下次再來配合您。

時間寶貴，無必要用來磨滅相互的尊重……大家打份工，架子收一收、幹正經事好嗎？

之後隔了很久，再訪附近診所。

Dr. M 診所已無昔日香火鼎盛，雖然掛著白色【應診】兩字。

但當我相隔個一個多小時二度路過門口（能透過玻璃睇到入面），長凳上只有空氣，換姑娘呆坐（On the other hand， 隔離新開診所們是呈爆症狀態的）。

不得不讚，XX 邨人傑地靈、Bravo ！！民智大開，懂得用腳用鈔票慧眼擇良醫。

作為藥廠業務一員，真心感謝您們啊（滿足的八婆嘴臉）～～

[相關新聞回顧可搜索關鍵詞：# 將軍澳 # # 庸醫 # # 淋紅油 #]

《2.3 我就是看不過眼》

有時聽到，同樣做銷售員業務，某些同業會覺得賣藥賣機好像環境較好、顧客群更優質（？）呵呵，求看倌您莫逗我笑。

客人用家來自醫生診所，據說是斯文人（are you kidding me），保證雙休星期六日。聽完，我心裏暗暗苦笑，唉，天空是藍色郵筒是綠色，不少客總是由西方來的～

毫不費勁舉個例子，第一個，我常想起兩年前某張訂單。

來點背景資料。

售賣出奇蛋的義大利原廠，當年發明是它，申請專利是它，苦苦向各國機構證明效用……通通都是這所歷史悠久的大廠招牌。

當藥物面世一段時間後，專利權到期，世界其他合格藥廠便會依原廠藥申請專利時所公開的資訊，產製相同化學成分藥品……同一藥效、主治同一種病的仿製藥物（Generic Drugs），有如雨後春筍。

「出奇蛋」不再是義大利原廠製造及牟利，美國廠可製，歐洲廠可以製。印度同中國廠更不消說，日夜賣力把沒有最 cheap 只有更 cheap 的平價藥物推向大眾—— M 是我一個普遍 B 級的客人。

診所構成挺簡單，一名醫生兩位後生姑娘，訂藥入貨都是老闆主導。通常他問大約十次價錢有沒有減價，第十一次終會因為診所不夠貨就會下訂。

某次他來我過我廠上過一課受認證的課堂，我為表鼓勵直接給予原價九折後，他手刀訂購兩打原廠義大利製費家出奇蛋。

相安無事三個星期。

經過一個月之後，他突然打電話過來：「咦！喂！妮妮～ 原來附近美國蛋正辦特大優惠感謝祭，期間買二十隻送五隻蛋啊！」

我妮：「啊！挺優惠噢。（飛快計算一下）這 terms 他們差不

多是面價的八折，加上他們本身夠便宜，和我們的藥比較、相等半價對嗎？……不過您和病人一向用我們廠義大利蛋，已經進入療程的病人就別轉藥吧！重新適應過會比較辛苦。」

M：「他們這個折上折、只做到今個月尾咋……」

孩子，您這是在說甚麼傻話呢 ？乾乾地笑。「上次已經向我們訂您診所半年用量的存貨，打算買多一份他們美國蛋，兩間廠一齊用嗎？」

其實他診所面積不大，估計裝不到這麼多藥款的儲存。

M：（磨擦雙掌）「我想問問，可不可以改半年後、再攞妳們那份九折藥……」

妮妮（仍懵懂）：「但按系統顯示，不是已經運送到您診所嗎——」

M：「而家妳同我退晒所有藥都 ok 罷 ？！理由自己識寫吧……求其話講醫生落錯單不成嗎？」

妮（終於明，忍住怒氣）：「我地出藥前經您自己電腦撳掣確認，明明錯不了啊。」

M：「總之我要退，係咁先啦我有症入房喇。拜拜！」

幾番交涉之後，運輸藥物部門收到退貨。正常收貨過後不得退，但這批藥物由醫生他「突然」發現每件藥物內遺漏一張類似 " 三歲以下小孩不適用 " 的標籤，以貨品損毀為理由，全部可以退。

因為質素問題，這批藥不能回收再賣，同時打亂我的 forecast，Sales 得盡快補回同樣的個銷售額……

我望住退還回公司的貨物（同義，其實是打電話向倉庫同事查詢），兩位姑娘良心不容易過啊！（該輪不到老闆親自動用尊手吧？）

每盒拆開、再撕爛同一位置，僅為幫忙老闆能飛撲到另一間廠買第二款蛋：慳家幾千蚊，完整浪費幾萬蚊地球資源。

　　減價不會再做。六個月後，當低我兩級的農場特賣 20+5= 八折完結，M 若無其事笑嘻嘻問：「妮妮，而家藥物幾多錢的 terms 啊？上次好似比過九折我今日可以做番一模一樣？」

　　「做完喇！老闆計完數發現上次太過平啦！做一單蝕一單喎，以後應該不會再有。」

　　「呃，妳幫我再問問嘛——」他大力扼腕。

　　全新界港九都有得傾再平再優惠。

　　而您？偏不。

　　這是一個小小 Sales 的抗議。卑微的我無法影響您大魚大肉，一日有我擔當這款正廠藥，除了正價我都不會開第二個價錢比您，暗暗對天發個誓。

　　我就是看不過眼。

《2.4 普通科的千人千面》

一次出差後回港，抵港後回家立即病懨懨。

前輩說過一套真理，機艙絕對是潛藏病菌之地，有病沒病都應該長戴口罩、喪瞓直至落機——我一時忘形又飲又食看電影又喪笑，您瞧您瞧，報應落機即到。

本想藉機請個病假，但藥廠 Sales 這行總是弔詭，想跑數時靜得要拍蚊；偶爾想頹一下，一群診所舊客約個不停，難道富貴再三逼人嗎？

之後的這天原來早已約下 Dr. Y（上季救全家的鑽石級大戶，我願意用我本人秀髮為他洗腳），有功課要交、社畜就算死也準備死在他診所。您告訴我病假是甚麼——

醫生有自己診所，亦會間中去醫院當值。來到 Dr. Y 診所，下午助護們全離開出去午餐，我得以長驅直入無人之境……

——為甚麼診所會沒有人呢？因為他是神呀！（心心眼）（自問自答）

他一看發現我臉色不太對，我極癢的喉嚨忍不到十秒破功，一破再也擋不住，連錦不斷咳到 high high。

Dr. Y 慈眉善目地問我病徵，我簡述一下自己的不適，全身都在痛。

店主到配藥處隨手執起一罐必理痛，診所級的止痛藥一桶一千粒好猛……他拿一顆，順便用紙杯裝好一杯溫水，雙雙交我手中。

咳方面，貪得無厭的我問佢可不可以施捨下咳藥止咳。下午還要跑三兩個地方，戲子還未可以收工啊！好辛苦。

佢搖搖頭斷症：「是妳鼻水還沒誘發出來、不斷倒流去喉嚨才會這樣咳！聽話、多休息就沒事……」

最後只肯加開止鼻水藥，作為超渡一下社畜。

服藥後再三道謝跪安離開，這真是阿拉丁的神奇技倆啊——到以後的診所見客直至回家，我幾乎沒有再咳過，一下念頭也沒有。

大隱隱於市，高手總是在民間。

可惜他診所開門甚少看傷風感冒之輩，不然一定落力推介給他塞爆～～

※　　　※　　　※

沒有財多但身子頗弱，同一個感冒季節，廢材我又中招～～這次輪到樓下睇醫生。

屋邨醫生 Dr. C 的診所甚麼都缺，病人最不缺。

他彷彿坐落迴轉壽司枱出菜位正中央，客人自動源源不絕送上。

附近只有這家診所晚上有應診，有就不錯了病人不挑。籌號排到第 15 個，我先返歸吃個飯。

家人有預先提醒這診所較擅長開醫生紙，經常性開兩三次藥沒病完，不要抱太大期望。臨回家時多抱一瓶橙汁回來吧，這屋苑的人靠的都是抵抗力。

下樓再去耗一下，差不多到我。

厭世的姑娘叫我名字，15 號病軀敲門進房，職業病吧我等他示意我才坐下……助護一直跑出跑入核對配藥，穿插於他問診期間，沒有人跟症原來是這區常態。

一般普通科模式見客ＳＯＰ如流水，聽下肺，問我啥事過來坐。

我說應該是上呼吸道感染罷，佢點點頭，照填 URTI 進 clinic solution，我見他屬性是照辦煮碗的類型，決定掌握主導權。

胃痛想要粉紅色那種（患病也在少女心），醫生大人大筆一揮同意 Famotidine，開聲的 lysozyme 妥妥地準備好……真是順從民意

的醫生，病人要甚麼就寫甚麼。

半分鐘內處理您所需，病人出去一望，大堂電視的廣告還沒播完，診金剛好正中紅心是敝公司醫療卡的上限──診所裏東歪西倒插著一堆藥廠奶粉的廣告傳單，全院仍滿座，壽司們的眼神空洞。

我不記得他的樣子，相信他同樣絕不會記到我。

百貨應百客，沒病沒痛最棒啦！讓我們相忘於江湖──

《2.5 專科如您 Just do it ！！！》

話說藥廠其中一項能帶給醫生的研討會，就是贊助醫生飛出香港、參加種種國際研討會。

我那區，有位名醫雀屏中選。

當地委員會賦予期待，不只一次催促敝廠要推大神他進保證出席的名單（簡直香港之星捨您其誰）……幾次溝通後，郎有情妹有意，原來醫生本人也很想飛出去、溜一下進修散個心。

那個舉行研討會的地方，是時尚迷人的美國紐約州。

確認情投意合他想去個小旅行（上大課）之後，我和診所打點他休假安排和機票手續事宜，距離 event 大概兩個月。

醫生以從沒那麼快回覆的速度、手刀選了個晚機去晚機返的 itinerary……大家姐（首席助護）開始挨家挨戶去調病患預約，空出時間放人走。

我呢，多口問他簽証辦了沒……醫生他持有的是藍色特區小本本。

他皺眉，先問個問題：「去美國要簽証？我明明有護照。」

「如果您只有這本的話，抱歉入境須要持一年或是十年簽証，才能進去美麗大國呀——」

醫生再問上細節，我愣了記，回答他作為泱泱大國的外訪 SOP：嗯，首先要上網排個隊，然後約好時間、上本地大使館面試見個移民官，英文而已您妥妥的啦放心——

「我忙。」白袍人士簡潔回絕，闔上手際一份排版，表示不用討論……霸道總裁最好是您咧！！！「一係妳叫個官嚟見我。」

我汗顏，用腳趾頭想想也知道不可能啦請別玩弄平民。

民女解釋完一輪，顫巍巍請求：「去講一下陳情已經可以啦，

我們藥廠已經有齊 supporting 文件，佔您應該不會多過一個小時嚟——」

「我係醫生，仲專科喎！」

點啊～～難道您個牌可以當八達通嘟乎。

醫生態度堅決，好似沒得商量，跟手又有症準備入房，我摸摸鼻、懸而未決自行滾出去。

怎麼辦啊怎麼辦。

電光火石十幾秒，我思緒已飄到找人偽冒他面試行不行，老天爺！犯法啊！還是不可以，怎麼事件會卡在這種無聊的地方。

出去看見診所大家姐，她廣闊的臂彎、讓我想靠過去哭訴委屈。

「係咁㗎啦，他麻麻煩煩大鄉里未出過城咁。」知老闆者，大家姐也！

「咁點算啊，只差簽証啦……醫生他話唔會得閒去喎！」

「他有得揀嘅？」她反出一個巨大的白眼，看到腦殼蓋那種。

剛才在房間我腦波弱，差點被醫生洗到腦、以為專科醫生夠大粒野去美國不用簽證。

好囉，終於有正常人叫醒我～～

「咁而家點、阿神話唔 book 面試。」

「等我嚟啦！包搞掂……妳有他護照副本對不？」她話口未完，立即挽起袖子幹：填資料，約大使館時間，統統自動波一條龍讓我瞠目效率之迅速。

但——

「妳直接 block 他 schedule，他人還是不去的話怎辦啊？我們都還沒有說服完耶。」

　　薑還是老的辣，大家姐懶洋洋答：「妳同我定啦！阿醫生個腦只會在手術房裏開掛，平時根本沒有在用，凡事寫進診所 schedule 後、他統統深信不疑、照做不誤的啦！」

　　「是喔──」

　　我半信半疑，結果實錘認證，他的助手們……根本懂他懂到一個不行！！

　　聽說後續，他絲毫沒有質疑，唯一助攻只需要我們來多程 Uber 送他點對點到府上，完事。

　　順利得超神奇，這孩子妳真的懂～

　　「妳們很會哦──感謝出手，要 refreshment 嗎？我送夠一打！！」我熱淚滿襟，回診所抱著助護團隊按讚，「說！妳是只對我這麼好，還是對間間廠都這樣落力幫忙哦？嗯，如果這樣我可是會妒忌的～～」

　　「邊個來帶走阿頭、我們立馬瞓身幫誰！！！」

　　大家姐豪氣萬千，霍然坐下等我來替她撥扇。

　　「趕他走最好啦，煩膠到一個點，他能出埠、我們立即躺平齊齊落閘放個狗，休息幾天，妳好我好大家都好啊丟不丟──」

　　答案揭盅，原來是大團圓自肥！！

　　以上交待一則海外 symposium 始末，以此敬我 SP（Specialist），您腦袋果真很重要啊……請繼續精準投放聽姑娘的話，拍謝。

《2.6 今日是個適合靜思的日子》

我想，差不多是時候為你寫一篇悼文。

或許你不知道，其實每次落 field 經過那條街，我都會想起你。

那時窮鬼剛剛入行，連跟男朋友都沒有一起食過 fine dining。

第一次約客，便遇著超有個人主見的你，約在餐廳二人來一場 late lunch。

未見過世面的鄉下妹，已在前一日將 menu 熟稔地背一遍，暗暗期望大人高抬貴手不要爆筆。

第二日你翩然而至，甫坐下就揚手，不知道是英文還是法文——但我記得你把菜名唸得很好聽，行雲流水。

再熟稔一些後，大家有時也會約到一起聊聊。不過，隨著事業擴大，你要走幾場、也開始忙，飯後也不再配咖啡（or flat white）……「做做下手術急尿好麻煩。」你皺眉道。

※　　　※　　　※

和你去過幾場診所大 group 開幕，你笑得最開心那次，是在你長大屋邨開的 W 號鋪。

果然對 CSR 有高度興趣的人。對於能回歸自己基層，看你那陣子莫名雀躍，就算再忙，每個星期也有回去坐幾粒鐘，上門的大概都是老人／街坊／鄉親。

只行大區的 Sales 沒有再 follow……不過尋醫報告寥寥幾筆關於你讚多過彈，算是安慰。

作為食客你不算喜歡應酬。有次業界 symposium，你風塵僕僕地遲來、坐到後方。

我忙完回到自己位，你大概悶瘋了——自己倒完酒、竟隔空朝我敬一杯自己喝，頗有 The Great Gatsby 的感覺，哈哈哈哈好好玩……

當人走後，別人記得的總是這種無聊小片段。

你呢，在 W 號鋪開張時曾跟我說，唉，香港租貴，開呢間診所「志在玩下」（？），真係好細好細啊！「都不敢請妳們藥廠來，花籃都無位擺⋯⋯你睇！地方淺窄連轉個身都撞到人屎忽。」

現在你在天上的診所，應該會比那間大很多很多吧？

而且那裏，肯定不會用斑馬物流來送貨，畢竟那是間地獄屬性的公司。

願您在彼岸過得好。

《2.7 我以為您西之原來您客人仲西》

身為 Sales 手上免不了數張爛牌，拿出來在人生路上鍛練 EQ 用，和同業閒聊時口袋常存名單隨時梭哈，來一場「奧客比比看」。

又一個平常日，等待見客。

醫生雖然醫術精湛，但本港核心商業區貴租百幾蚊才一呎，他長期潛藏二線屋苑深耕。

等著等著，有一個嬤孫加外傭的組合入席。

睇病明顯是孫仔。整個人騮來又騮去，小臉燥紅，不停扭計，以工人洪荒之力抱住。

※　　　※　　　※

阿婆埋位到 counter，十足酒樓向診所姑娘登記，「喂！XXO 一位吖呢度。」

同時放低一張醫療卡到登記櫃台上。

大家姐（我決定統一這樣稱呼診所職位最大那位姑娘）：「婆婆呀，小朋友呢張醫療卡呢度用唔到喎。」

「吓？唔會格？」

「就係會格喇。」姑娘掏出原子筆，伸手出玻璃外，用筆尖劍指一列醫療卡表。「呢一辣我地間診所都收。」

可惜阿婆朝銀包摸來摸去，來來去去只係得這張。

「可唔可以睇咗先呀？個細蚊仔唔舒服啵～」

姑娘伸出玻璃罩的手、拿著筆轉了 180 度方向，熟絡地指住另一張紙：「可以～～ 不過呢度係應診收費，陣間睇完會收番上面所列費用。」寫明三日兩夜藥。

「嗄？唉！你地要收錢咁無醫德嘅？細路黎咋喎，唔洗開大人咁多藥㗎啦！」

（細佬不安份的病軀繼續扭動，差點倒地……）

姑娘沒再說話，宏觀這麼多的診所，診所護士遇上奧客通常都不太回嘴，醫生教得好，為生意忍辱負得好重。

「都係佢阿媽話要睇之嘛！！我問下先啦！」

阿婆掏出會產生巨大鈴聲的舊式摺機電話，打過去問：「喂？喂喂？我要搵阿儀呀（新抱）（假名）！佢個仔睇醫生居然唔收張卡啊、要收番錢㗎！你問番佢畀唔畀錢睇喇～～」

接電話應該非新抱也，或許只是其他屋企人，總之無人擔保有錢能還畀阿婆婆。

阿婆拉番好剝波袋條帶，眼神叫工人拉走細路，「唉，呢間診所真係無良心，都嚟到啦，又話唔收黎睇，咁即係點呢……」吟沉又吟沉。

※ ※ ※

越過一圈圈等候的病人，婆婆和家傭帶同小朋友離開診所，剛推開玻璃大門，陀住嗰部手機響起。

是新抱回電啦是不是？！？！

在座久候閒著沒事的我暗抱一絲希望，只見阿婆接起話來更喜形於色。

「喂？係呀，你地到咗酒樓嗱？我陣間就到啦！上次約打麻雀都差唔多新年囉～～」

希望正式幻滅。

老婦開心飄走，更顯得女傭細路、以及一個決定紀錄全程的藥廠 Sales 一個大寫的無奈。

如果將來有誰老神在在、講話交小朋友交給屋企人湊先最放心……歡迎攞這篇小箋方去打臉。歡迎～～～

第三章：跨國服務難我不到

《3.1 帶客公幹貓狗嫌》

和客人出席國外學術會議，並不如一般早去晚返的休閒旅行團。

每間廠準則不同。預算較不足的公司，只會出機票讓醫生自行出發。

自詡決決大廠的話，一般會在行程名單後即研討會舉辦一至兩個月前，從團隊中揀選一枚倒霉鬼去招待貴賓，視乎企業的良心程度：人數比例由 1 隻社畜對 5 至 1 0 位 HCP 不等。

顧念大家統統要上班，通常是喜迎眾神收工後，晚上才到香港赤鱲角機場一起飛抵當地，藥廠代表將會全程陪同獲邀嘉賓。

醫生在機上可以休息，如果目的地是幾個小時機程的亞洲區地點，我們不能；當日不一定奉旨有假期，正常工作時數完結後我們收工、才拖篋直踩出機場。

每位醫生要求不同，熟客可能意思一下打個招呼、拿到登機証便瀟灑上機睡大覺，您們最乖了，麼麼噠。

※　　　※　　　※

相反比較不熟或高需求寶寶們，從集合點的登機櫃台或登機門口那刻起便正式賴上您，成為數日間的命運共同體，恭喜。

小至登機後可不可以換位（問空姐好嗎），飛機餐今天吃甚麼 / 下機後首站去哪裏 / 安排酒店甚麼名字 / 晚上要不要一起宵夜呀？這刻起，統統與帶團的可憐蟲有關。

往往安頓好完，您剛坐回自己座位，還沒喘氣綁上安全帶，飛機已準備趕著要從跑道噴上去——

恬念著他們不可得失。兢兢業業，社畜抵埗後上車頭首咪介紹，下車團餐集合會場交通電話隨傳隨到統統顧，鳥事可不止這些。

酒店連不上 wifi？房間膳食能叫否？您們藥廠主人家包 Room service 伙食嗎？怎麼熱水好像冷下來？

假如是平凡人的團友，可能罵罵咧咧叫他自行聯絡酒店大堂便可……但他們可是神呀！他只認得非常就手的您呀！！

離港數千里舉目無親，您會自動成為他打雜助手跑腿跟萬事通——高興不高興？興奮不興奮？

在研討會場地找不到洗手間嗎？剛剛議程說到哪裏？現在哪個講者討論到業界哪項技術？有幫朕卡到位嗎（您的我不知道，我自己遇上您肯定是卡到陰）？一會吃甚麼？可以早點走嗎？晚餐後能順便晃一下、在夜市集放下我和老婆嗎？明天會不會下雨？酒店早餐時段幾多點啊？集合時要不要帶行李等？到時會一併收走我房卡嗎？！

※　　　※　　　※

晚上吃完飯似乎收工，回到酒店，亦是絕不能掉以輕心。

某次難得酒店有點高級，我安逸地洗了個頭。

就在正滿頭泡泡的時候，大神來電急叩——在外宵夜的他，忽然記起當晚有球賽直播，想問有沒有辦法「即時」回酒店休息。

內心劇場萬馬奔騰，收線嘆口氣，幸好抵達機場時留一手、收集過當地司機名片……找到一位司機即時奔去他定點所在接人回來。

不好好侍奉、回到香港跟公司投訴幾句招待不周、我要給公司同事滅門耶。

筆者試過投考領隊証，一次便得手。恍然大悟起在藥廠帶團、沿途細意安排……基本上和專業旅行社領隊沒有不同，差就差在回

程出機場沒能掏出信封收小費，想想都一殼眼淚。

一些外行人，有時會探問：「咦！做藥廠能和醫生出團遊埠玩幾天⋯⋯豈不是近水樓台先得月（？！）」沒有，從來都沒有。每次回港體重都輕幾磅，筋疲力竭病懨懨。

所以請不要再說我們帶客出差很開心很爽了，說多都是淚，您行讓您上啊拜託。

《3.2 在懸崖還是我無退路》

話說呢，大家會記得第一次因公事而哭的情況嗎？

畢業後首幾年踏入社會踫踫撞撞、很慢才上軌道，為工作哭過幾次……不過第一次永遠是最有印象的。

時間在某次出差後，回程。

打第一份藥廠工，是間中型 size 藥廠，結構較簡單。我和香港 GM 總經理兩人帶領約十位醫生客戶出外幾天會議。

在當地機場櫃枱前整理過行李，便差不多要取登機證回港了。一名客人在外站買大包細包，因為超重太多，航空公司堅持他要付行李附加費。

聽到自己尊貴身份也要額外付錢，大神滿臉不可置信，猶豫要把念頭動到登機包，但那邊限制多過 7kg 亦不行。

輾轉間召喚我經理。「嗨，而家超重。點搞？」

我當時老闆，是很以客為尊那種老派 Sales 出身。

客人有煩惱？不不不行！！一定要衝前幫忙解決。

他左騰右騰，（亦是不想界附加費 2 號），左看右看，最終——主意落在我身上。

他掂掂我大篋，大喜過望，像是找到挪亞方舟，大叫：「呢度大把位呀！！」

對，我有半篋空位。

很慚愧回憶，開頭做細時，我人工是好 Un 的，到數也不過港幣萬幾兩萬、跟飛過來機加酒的公數差不多。

儘管此地超好買，阮囊羞澀的基層社畜根本沒買東西。

我伸手想婉拒，老闆完全彷若未聞，打開篋、把免稅品、大件東西塞好塞滿，然後心滿意足拍拍我篋：「搞定！」

（今時今日的老鳥心裏想：妖！女生說 No 就是 No 啦——）

完事，check-in，入閘。

可能大家仍未看出，我覺得委屈的「點」在哪。

其他人可能不值一哂，但對自己來說，那是要考慮很久慎重再慎重的，天大的事。

我人生忌諱不多，偏偏就有這一項。

大是大非面前，我絕不願意幫別人帶行李。我連親手執行李的自己都不太相信，更何況別人？？？

與生俱來我是個頗有危機感的人，常常看 Discovery Channel、販毒集團小報新聞嚇自己。

幫忙帶、減幾百蚊行李費／做順水人情，萬一裏面裝上毒品違禁品……我可是面臨坐牢／槍斃／客死異鄉，誰能賠番個囝畀我阿媽？？？（誇張）

然後記得，全程在飛機上我一直很擔心，就偷偷哭了連空姐也看到。初出茅廬，沒有話事權真的好委屈——

以上就當分享一下！虛驚一場。

號外交待：幫別人帶行李有個壞處：回程後需在行李輸送帶附近開篋交還東西……倒霉的事主將會滿肚怨氣，贏取掌聲然後得到一個混亂的行李篋，不了。

現在的我，翅膀長硬點，會謹慎決定是否幫忙帶行李。

別人塞過來的不明危險物一定不情願，只有經我手執拾帶出去的、我完全不介意。

例如在外國當地港籍同事問我可不可帶排檸檬茶過去……這種思鄉小物我ＯＫ，反正照寄艙。

希望大家在工作之餘，大部分時間也能活出自我啦～

《3.3 出差機場眾生相 - 短篇們》

扳開手指，201X 這年開了之後，我飛了六七還是八趟國際 / 內陸機。

※ QWE→HKG

QWE（不是日本）這地方很冷。快啟程回港時，我在西裝之外再加了件大褸。

過關時只有隨身行李，我盡量都跟歐美人士排隊：英文好又雜物少、過海關通常可以行得比較快（大誤）。

把長方形膠盤置於金屬滾筒輸送帶上，我如常把黑色袋，手機，放上去。手持護照登機證準備過大龍門。

高大有型的男關員突然走近，示意我要把入面西裝口袋掏空。

（大褸袋已清理清光，但忘記得裏面西裝尚有兩枚口袋）

超級不好意思，雙手狂撿腰際，小巧的兩枚口袋出現：護唇膏，原子筆，眼罩，髒紙巾，耳機電線……每拎一樣出黎、我塊臉都綠多一度。

死啦死啦，阻住地球轉……我對不起文明隊伍的節奏跟隊形，錯了麼。

前面關員這廝突然下評：「You huh？Doraemon？」

（……原來他覺得我係多啦A夢。）

多羨慕空姐機長可以快速過關啊～～～

※ RTY→HKG

某次和一名醫生K飛回香港，兩個人編到同附近坐。

剛好老闆同機、跟我們 hi 半分鐘就去前面商務艙，里數儲得比較多 94 掩飾不住的猖狂。

餘下同艙經濟幫的我倆，相隔一條走廊（頓時挺安全），慘慘。

歸心似箭我本人爽歪歪到爆，脫掉面具無視貴客（他也不是我的正式客，銷售額不歸我的講真），原形畢現，一起飛立即笠上耳筒聽歌看電影打機睡懶覺。

記得他最近有試要考，醫生 K 在海外也是常常拿著一本雞精書在溫習，又看又是密密 highlight 重點……起飛半個鐘後，他投降。

扔開書，他仿傚我插上耳筒聽歌看電影打機睡懶覺直至 HKG 落地阿們。

懶癌不小心傳染給您，拍謝啦～

※ HKG

HKG 就是香港赤鱲角機場編號，這是常識吧。我一定要講講這個機場。

同是轉機熱門地，它和 SIN 新加坡樟宜硬件有差，但已十分不錯：炸雞老麥可助上機前快速醫肚、茶餐廳亦可以最後緊急緬懷一下港味……之前申請落某張平民黑卡，出示登機證還可以在書店免費拿一本雜誌，聊勝於無。

但我討厭 HKG 的廁所。

某清晨早機超趕，眼瞓得要死，snooze 完又 snooze 最後一秒才離開床，便便都無時間大（真是個嬌羞的私密話題……凡靚女大出來的，必然只是粉紅色泡泡啦）。

已經不理身體狀況、搭 A 車直奔機場——

先是在 E 區撞見同事一起拿登機證，此時此刻忙著應酬、我當然沒空急大便啦。

步入禁區鳥獸散後，私自胡亂找了個近 boarding gate 的洗手間。

入去廁格，剛坐下沒兩秒……後面馬桶水箱似瀑布沖廁！

正要醞釀氣氛發力的我愕然，認廁所的人，辦這種大事真的要好專心、不能被打擾。

死心不息、想著趁空隙再來撇條——

妖！！紅外線感應敏感得不得了，就算我完全沒動都自動沖大水！！！

人都坐下了！嗶（消音）都濕了！⋯⋯燥得不行，皮質醇飆升，頂你個掣！又來沖第三次！！！！

想過換廁所會不會有改善，但連裙都解了大半箭在弦上、就不蹉跎光陰啦。

最後！出門果然靠自己⋯⋯情急中生智的我從手袋找到張藥水膠布，轉身一手大力拍貼在 sensor 上，結案！

能腸道清爽無憂上機真好，呼。

※ U I O

我和某個港女 L 同事，嗯⋯⋯ 關係一言難盡。

我和她年紀相近，但個性不相近。

因為職位需要，我倆處於爭奪資源的位置，各為不同門派下弟子互相甩鍋。

江湖上大家深明習慣少說話多保護自己，能避即避以免看到心煩。

當然，在公司、一眾老闆面前相處氣氛融洽，隨時 ready 嫣然假笑⋯⋯我們港女這方面自覺有收錢，交戲還是很足的。

上機前拿登機証，同列航空公司有幾個櫃枱在處理旅行團，基本上只有一個 counter 開放給散客用。

原本我同她在排隊，地勤揮手，她搶先拉著篋過去。

指手劃腳之後，表面禮貌和我 say 個掰，速速入閘。

我上前繼續寄艙。

地勤問：「Hey，why don't you check in with that girl together ？？ You guys are booking at the same reservation number. 」（咦妳們是團體票一起訂的呀，剛才為甚麼不一起辦登機喔？）

「Well，it doesn't matter.」（嗯嗯，不要緊啦）

「……Fine. Would you like to sit with her ？ It should be totally available on today's flight——」（好的，那請問您是否需要和她一齊坐？）

我聞言反射做個撕開合約一刀兩斷的手勢——

「Noooo ！！ For God's sake just separate us ！！！！！」（討厭啦不要！！！看在上帝的份上，像紅海一樣分開我們吧！！！！！）

媽呀別無所求了！只求這一樣！幾個小時如坐針氈可不是好玩的！！

我真的接受不到自己太假掰，戲子好歹要緩口氣呀，在國外已經要忍她忍得不輕了。絕對深信她和我感受一模一樣，看不對眼的兩人必定同樣要求。

大概被前方客人猙獰而竭斯底里的樣子嚇到⋯⋯甜美地勤妹妹的頸項一縮。

我急忙補上溫柔的笑，「Please keep me away from her ～～ We are just colleagues not family.」（拜託將我安排坐離開她愈遠愈好，咱們只是同事不是家人。）

她立即上道，瞭然於心點點頭，雙手敲鍵盤出票祝我旅途愉快準時出現在閘口。

上到機，原來我們還是被安排坐落同一行。

有幸是，她坐 A，我坐 K，皆大歡喜窗口位（沒特別 request

window or aisle，觀光興致甚低，我只是換個地方當外勞又不是旅行）。

Thanks God 能寧靜休息的 N 個小時，我愛魚翅航空。

《3.4 醫生們的擇偶準則》

早前提過，我工作一部分是出團（誤），呃……即是作為藥廠人員帶同客人出席外地醫學會議 / 論壇。那些年飛得有點多，多數是短棍（短過三日）的 trip。

和客人們出發之前，同事通常會和倒霉鬼講解一下團友備忘錄，好讓此領隊帶隊時多留意。

執完料，我習慣出機場時手握「出團紙」的 A4 筆記，上載有醫生乘客們的來回航班資料，及酒店行程備忘。

藥廠職員會跟大部分 HCPs 同機，在醫生登機前，我們習慣打聲招呼順道點個名……下機之後，就是集合在行李輸送帶附近等我帶您遊歷當地呀（心已累）。

這樣一般的團，大約只有兩至三成是我本身的客，除了他們，其他醫生我是不認識 / 未見過的。

當客人在本港機場和我首次相遇時、先會互相介紹身份（通常只講一次）。在下需要儘快記得他生物特徵，以免落機後幾天行程裏，上車 / 回酒店時叫錯人。

（例如上當地 shuttle bus，我叫：「陸醫生呢邊呀～」而他睜大眼答我：「我係吳醫生呀，陸醫生上左車啦。」場面一度出現烏鴉。）

瘋狂在出團紙上偷偷 remark 是我個人習慣。

一見面我會在幾秒內，迅速抄低貴賓他的衣物特徵？/ 身高？/ 戴眼鏡？/ 頭禿沒？（筆記大概這樣）

不過本地醫生樣子其實很千篇一律，有時候四五位也是戴眼鏡 - 五呎幾高 -again 中等身材，我也甚是無奈。

然後我開始進化，向醫生太太們入手。

有一期不知為甚麼醫生好愛攜伴出席（Compliance 人不要找我，

伴侶部分他們有自費，真不是我呼籲的），這樣其實大大方便了我認人。

您知嘛，男人都長得差不多街坊模樣。

但女人如果肯打扮起來，有 fashion 有飾物就有不同、超易區分；只要她牽著老公，就似行走的標籤，旅途上比較容易記得。

當然也有甩漏時候：長途機後太座甩妝換埋衫／醫生太太顯示為已離隊購物……

OMG，沒有妳的存在，我又開始認不出妳老公了……這個遊學團，面盲的領隊要怎樣帶下去。

然而我也是從這個時候、才開始觀察到我客們的擇偶準則。

※　　　※　　　※

談回醫生這一族群的擇偶標準。

據我個人觀察，這些年來認識醫生大概二三百位（統計學用的小 pool），GP vs 專科約莫 8：2……能和醫生結婚的，女方通常：

1 是勢均力敵，

2 是極小鳥依人，

我幾乎沒看過中間路線。

Type 1 很易懂，醫生間聯姻十分常見。見過一個龐大的醫生家族，上中下三代也是醫生；而新抱那家族譜，又是醫生 mountain 醫生的 sea。

當然 Type 1 不只有醫生 x 醫生的，也是可以有其他專業人士的。

醫生萬一醫術出錯涉及訟費，所以部分醫生會和律師 cross over 以平衡被訴訟的風險（歐美尤甚）。醫生娶律師，是偶爾出現的配對。

其它職業當然都有。

見過一位專科醫生攜伴，太太屬於 90 後，看起來像大學生、漂漂亮亮人畜無害。

初次認識，由旁人介紹這名醫生太太是自由業……原來她在美妝界還是全港 Top 10 以內，賺錢絕對比專科老公還要強。

勢均力敵的除了辦事能力，依靠家境也是可以辦到的……畢竟醫生也是人，誰不想早日退休少奮鬥幾年。

見過醫生 x 富家女的組合，佳偶天成，各得所需 equilibrium，試過有位醫生私人周轉不太靈，各種牌照保險診所租金雜費（交七位數稅），聽說他太太二話不說代繳了。

就說嘛～～如果有七位數閒錢，您在醫生群裏求偶、應該也是挺吃得開的。

去到第二種類，就是念舊共渡時艱 + 小鳥依人小女人的類型。

若不在醫學院一齊唸書，另一派別通常是中學 / 大學同校後，一直交往到簽字結婚。

這群體就比較貼地，女方一般繼續自己工作，倘若如果男方是私人執業（而非在公立醫院工作）的話，更多太太會慢慢加入醫生診所坐鎮。

圈子是這樣構成的：診所環境長期請不到人，終於上手了、姑娘又差不多夠鐘流失。

醫生們慘叫救命，總不能自己聽電話 / 搵排版 / 睇症 / 執藥 / 並送客……起碼自己人手腳不會髒，較信得過。

一回生兩回熟，久而久之，太太不捨得老公操心，多數會委身來幫忙。

再過一兩年生小朋友，本來那份工作就很容易被犧牲掉（是真愛來著）。

這類型 2 號太太對丈夫亦是較千依百順的，生活照顧體貼入微（軟實力呀），讓另一半能好好過著飯來張口的生活。

有次在機場準備出差，試過見到有醫生太太送先生的飛機。

去到櫃台、太太拿出 BNO 取登機証。先生問老婆：何不用本身那本護照？

她胸有成竹，答因為記得 doctor HKSAR 那一本，有限期只剩下 X 個月……您瞧！心細如微塵叫妳第一名。

之後有（同為 Type 2 的）夫妻檔組合，醫生客自己也透露，他工作忙、出差整篋行李通常也是老婆一手執出來的（照顧好幾個年幼小孩的主婦不是更忙嗎？）……諸如此類、統統做壞手勢啊！叫其他港女顏面何存。

以上！說不定能為想多了解醫生感情擇偶觀的人，提供一些資料。

當然也有例外的，您看到有不同的就是例外囉（免責聲明）。

《3.5 為愛鼓個掌》

和眾神們公幹出差，大會的不成文規定：那些轉角房／雙床房／號碼看似不吉利的豬頭骨房間，統統由階級最低的廠方領隊──即是我硬食。

八字很硬吧應該，一直以來我還算是平平順順、沒有甚麼大礙（拜託請繼續保持 ，社畜其實也會怕，摸木為敬）。

某次出差，又是一間尾房。

尊貴嘉賓們不願睡在此，所以挑剩的都交給我來。

我行我就上，窮鬼我不怕不怕啦，最好是。

但是呢，我個人不推薦獨個兒睡酒店做太多迷信儀式……同事教導又是帶聖經又是一正一逆放拖鞋，只讓自己更胡思亂想。

最多入房前，敲門默唸句不好意思呀！社畜只是求上班這樣，算數。

那天入住是一間頗有情調，國際評分也很高的酒店。

可惜出差兩天我註定收工獨守空閨。酒店設施、高床軟枕，對外勞的吸引力其實不高。

第一晚半夜。

不知是不是角落尾房的關係，特別寂靜，旁邊房間有丁點兒動靜，隔牆有耳，聽得超級清晰──只差沒有回音。

起初主要是人聲，窸窸窣窣。

分辨清楚下來，是男人粗聲粗氣、微微的呻吟……後來各式聲音混入去，變成有節奏的 un 床聲（天呀，會不會太露骨？我現在掛 18 禁的 emoji 到本文題目來得及嗎）。

原來隔離房……在做羞羞的事情哦？

這晚我記得好像沒有很久，去趟廁所晃晃就回來。

安靜下來我成功秒睡，妥妥的。

到第二日，唉。點啊……又來？！？！零時夜深、我無家可歸，無處可逃，香港和這裏距離幾千里路雲和月——

是日更激烈啦，十八般武藝，床板後牆布原來隔不到多少音，超煩。

總「形」住他們會震過來、天呀我可不要被震到（technically 算 3P ？）。

起身踱步。

想過打電話叫大堂找人曲線救國，但阻人 XX……會被燒 XX 吧！

那次耐性大概夠用半個鐘。

我看看錶（誇飾法、瞓覺無人戴錶），覺得 3-40 分鐘差不多啦，平常骨場招牌也是寫 45min，計時間應該夠有爽到？！

那女的明明在扮高潮，大家也是女人（？？），我！就！懂！這樣亂吼亂叫肯定有鬼。

試過煲水出蒸氣（微弱至極的對抗），大力放杯落枱，用力關廁所門，隔離房繼續我行我素～～

我愈嘈愈燶，明個兒還要早起身番工開會，社畜可不像您們萬般得閒、晚晚荒淫無度耶！您不仁我也不能太義，對不起了兄弟！

沒選擇之下，我（可能那刻太睏，被煩到瘋掉）坐在床上最接近隔離房的一端，用力為鄰居演出狂拍一輪手掌：Bravo ～～～～

隔離房的騷動嘎然而止。不知道他們甚麼國籍，總之好像是聽懂了。

我亂打亂撞終於有得瞓，立即撿回枕頭撲上床找周公。

　　睡不夠七小時，明天起床一張眼就準備忙不停、整天陪玩陪食磨走半條命，遲早客死異鄉──

　　放過出差的倒霉鬼一條生路……深夜請收細聲量，功德無量喔拍謝。

《3.6 MNC 同仁們的語感剖析》

作為跨國藥廠 MNC，儘管咱廠的總部不在英美……官方的溝通語言理所當然還是用英文。

可惜地域分佈太廣，各地同事語言程度，其實滿參差的。

主流英語國家就那麼的幾個，地球村上一堆人只當是第二 / 第三語言，開會謀生時拿來用用。

當會議所跨的地區愈遠，參與人士通常客客氣氣，口音收斂一點、沒那麼奔放——穩了。

反而時差不多的區域大會，或者會議有主題，各地需要撕殺爭取總部資源……語言文法早已拋腦後，大家氣不打一處來、集體發言 free style。

（以下對不同國家的評論，只屬個人在有限觀察下的狹窄意見哈，並非地圖炮）

每次讓人頭痛的發言，總少不了恰恰國員工。

他們子民充滿表演慾，搶咪第一名，不知喝了甚麼湯水……長期這樣嗨。

甚至連 Q&A 時間也不放過，舉手「cue 我！cue 我！」總是他們。

受本身語言影響，他們口音重，語速快，講得興起時發言就像機關槍，呼呼呼呼！噠噠噠！——

明明聽到每一粒音啊（抱頭），但就是在腦內構成不到任何英文句子。現在正發生甚麼事情？

拉大畫面、以為或許看到身體語言，能幫助一下嗎——

噢不，少年您太天真了～～只能跟著魔性搖頭擺腦，遙距中毒跳個舞。

※　　　※　　　※

芒果和蝦片國也類似，但衝擊度沒那麼劇烈。

那節奏那重音的落點……恍惚只是午後打一場溫柔的齋。

用心點、專注點，是能聽到的。

但因為比標準語地區要多花 20% 心力，和他們開完會之後，總感覺掏空靈魂體重都變輕。

※　　　※　　　※

紅菜國或是其他北部國家，我發覺好像男女有別。

當地男子漢在發表或對答環節，總是詞窮，很努力搜索腦內適合詞彙，讓旁人忍不住內心默默替他加油：「差、差一點點……啊！您終於講出來了！！」——

但這國的男人總是愛用喉嚨大力發每個音，聲也沙沙的……懷疑在散場後，他們應該能完整咳出一口老痰。

而同國女生比較斯文，不會搶咪。

※　　　※　　　※

我從沒有聽過故鄉國裏的同事在敝廠會議上公開發言。

「……」

他們不論男女，和紅菜國的女生一樣，會正經地潛水到最後尾。

遇上不平事全場炸毛……但故鄉該國同事他們只會在 Q&A 瘋狂輸出文字也不 unmute 自己，唯等主持人讀題解字。

可能是語言所限，較少參與跨國討論。

正宗的乖乖牌，民族性強，習慣群體行動，生意也不錯。

假如正確培養客人出對品牌忠心度，幾代人能一根筋用到底……別廠去當地插旗時還會被罵，插不起來。

自燃能力杠杠的，萌歎（已歪樓）～

※　　　※　　　※

班蘭國呢，和我們文化相似。畢竟敝廠的亞洲分部就在這。

不少會議都由他們中央廚房派出來、要大家跟著齊齊幹。

中流砥柱那群精英有些是從外國派遣，溝通無虞。

而本土派不少一路升上去，主持和協調能力杠杠的。

對答有效但機械式，是「How are you」後面必須跟「I am fine thank you」那種朋友，來來來！高個五！！是填鴨式教育長大的朋友。

只有鬆懈時，例如聊到興起或是喝過酒，總部的精英們才會透露自己口音。

每串英文句子，為甚麼都可以那麼剛好……全部重音皆落在私以為不可能降落的地方？？

一開始是覺得怪怪的，以為喝醉吧？！還是跟我們在開玩笑？

誰知他們根本沒有在 543、那就是他們國家統一出產的口音，長知識一下。

※　　　※　　　※

在非英語系的歐系國家群裏，有不少隸屬羅曼語系，本身透著濃濃的濾鏡，加進英文裏一片霧煞煞。

各國口音不同特色，有的習慣咂個嘴、有的會彈舌，有的甚麼詞都卷……就不逐一詳述了。

挑個浪漫國來說，有次他們主場辦大會，主持人長得不是一般的帥，非常宜室宜居。

隔著一大個印度洋、我快掉進他那雙湛藍色海洋般雙眸，立即幻想日後我倆孫仔叫甚麼名字好（不然開會好悶）。

他清清喉嚨就開波，首半場，迷妹們以為帥哥在唸頌當地詩篇……行！走起！！一齊祈個禱吧！希望一會兒那頓午餐咱們能吃點好的，啊咧路亞。

我心裏還在想：哇！就算他在講粗口，聽起來也好像跟我示愛，好浪漫啊～～（滿屏愛心）

開會開本場、直至看見同事抄筆記才知道……喔！？原來他在講英文。

他們發音總容易停頓在意想不到的中間位，inter-resting，pi-peline……再捲舌一點點。

酷酷的、不愛講英式英文──假使發現公事上真的溝通不來，他們關鍵詞還是會撿起來講講，且發音一秒恢復超準確，所以最後還是看有沒有興致迎合聽眾吧（隨性）～

《3.7 Presentation 摸魚大全》

在疫情肆虐下，很多會議已改成線上進行。

相信沒有多少社畜會喜歡遙距會議，還有 PowerPoint presentation，理由有：英文口語欠佳，社交恐懼症，內容沒啥貨交等等。

位於食物鏈下層的咱們永不熱衷，總是您推我讓。

偏偏中游份子那群一直很愛找替死鬼，覺得開會人數多 / 長面子吧！奇怪的想法。

明明主人家沒有邀請，硬是 on behalf of organiser 瘋狂亂寄邀請信，發動鉗型攻擊、撈你回來參戰……死道友不死貧道。

有一期，尖塔裏高層忽發奇想，要聽聽不同國家分支的 best practice 分享。

說幹就幹，一層人壓一層人，低層立即被推出來送頭，每個國家均派代表參與大混戰。

好死不死我名列那期冤大頭。一秒給扔上最前線，同事果真夠客氣。

打工人戰戰兢兢撸起袖子幹，除了日常事務以外，還得晚晚加班加個沒完沒了，那期做到人就快釘，長期只靠一口仙氣吊著——

終於到達傳說中的那天，全球同廠精英濟濟一堂，線上娛樂城集合嘿哈嘿哈～～

首先開場，主持人介紹到第一個表演者。

泱泱大國，員工福利就是好，原來當事人他跟主辦區已說過有時差，婉拒出席是次會議哈。

啊！！！！！！原來有這招。

早知道我也用這籍口開脫！放過自己、放過別人啦！！

明明我不想講，打賭也沒一個同級觀眾想聽，Regional 老闆以外，全員心態就像上墳。

討厭死了！為何管理層總愛自製熱鬧，到底是在嗨甚麼——

第二位演示者，他行徑似乎算正常。

下一秒——「Could everybody see my screen ？」「Oh I should share another window view ！」單調台詞玩足五分鐘。

明明安排每人演講只有 10 分鐘，只要您不尷尬，尷尬的就是別人⋯⋯成功浪費時間後他僅用剩餘兩分鐘講講過往在醫院實施的企劃，然後仰天大笑，揚長而去，一秒變紅點 offline。

輪流下去，第三家。

當地這名代表身份有點特別，被推出來娛賓的不是 Sales，竟是 marketing 部門。

她一上來淡定 say hello，話不投機半句多，二說不說就播片。

Key Visual 片長整整十數分鐘，還要配上當地語言，聽到群眾霧煞煞。播完也就夠鐘，她優雅下台飛個吻。

The show must go on. 滿臉黑線的主持帶來下一組，唷！漂亮的女講者斯文有禮，感覺挺不錯。

一上來，打工人她期期艾艾，柔聲抱歉，說 wifi 不太好。

公司網絡能差得去哪裏？吃瓜群眾內心狐疑。

直至耳際傳來嘯嘯摩托車的公路雜音，啊不！這貨好狠！居然在移動中？！？！

女司機隨性地講解，眼神瞟向 screen 的時間、應該只有趁停紅燈的空檔。

其他不是爬頭超車、就是其他道路使用者響銨叭叭叭，險象橫生讓觀眾捏一把汗。

果不其然，著重人文福利的總部大佬們速速放水，著她顧好路面……要不要停車再講？

弱質纖纖的女子噙著甜笑，車身左穿右插，網絡也跟著似斷未斷，想當然在沒人會留意內容之下完成發佈。

這招像北斗神拳的名句：お前はもう死んでいる。特麼「您已經死了」──

這妹子優雅退場後，我方知：高級的獵人，果然往往以獵物的方式出現呀～

全員放水，奸詐的人類！！！！

宏觀整場，差不多只有東南亞小夥伙有點職業道德，雖不多（還有一招是用口音裝傻，完全溝通不到然後任由會議時間流逝）。

可惡啦！委屈死了──那麼努力托甚麼，下次一於有多爛擺多爛！有多平躺多平！！

集體摸魚怎麼可能少了我？我要踏上騙子的路，讓騙子們統統無路可走！！～～～

第四章：可以順便說一些至理名言嗎

《4.1 私家診所衝一波》

背景交代：

四捨五入當作 10 年的藥廠銷售經驗，自問算是一隻老鳥，看破紅塵。

自從開了 Page，發覺有人對這份職業還有點好奇 / 誤解 / 憧憬，投稿來信發問。

來啊～～有問有答才是有禮貌的版主，歡迎自提小板凳。

為了加深認識（加上執筆五六月時又是一個畢業季節），我毋忘正職初心……以下開放整理數篇 Marketing/Medical Affairs/KAM/Pharma 相關、大家似乎較有興趣的常見問題。

藥廠 Sales 你問我答 # 你問我答 FAQ

※　　　※　　　※

初心者 1 號選手：

「剛做 Pharma 一年，對於行私家診所好像不太熟…有沒有方法小 technique，可以較易見到醫生本尊？」

※　　　※　　　※

答：

「Hello。

妳提出的疑問有點廣泛我常常也好想見新醫生，想到甚麼答甚麼哈哈。

首先要緊記自己入房見醫生的初心是甚麼。是認識新客，load 多點數，還是純粹 relationship building.

有時傾傾下會迷失，那就很容易忘卻見客的 Key Objective.

一開始自己一個人行，千萬不要期望診所會鋪紅地毯歡迎自己，先調整一下平常心。

姑娘不嬲負責幫醫生閘住門外人，所以氣勢必先要壓住，對自己吶喊打個氣：「喂！唔畀我入去，妳老闆可能會 miss 掉 MI，賠唔番、到時可別怪我們廠無通知喎～～～」

我次次都 fake 自己扮緊財神，姑娘妳唔接財神都算啦，居然幫老闆擋我？！？ 送錢上到門都唔要？！？！！？

通常嚇下又等下，差不多八成都會開門。當然要是應緊診又不太旺症的時段啦！摸索一下即可。

入到房就當贏。兩腳踏進醫生房門口已・當・贏！灑個花！！！

剛才氹姑娘放兵入關的藉口全部即時可放低(良心不痛嗎)(答：不痛的哦)……恭喜，能好好對付大佬本人了。

至於講甚麼題目來施展貴廠魅力、刺激銷量…… 就不在本 FAQ 內的解答範圍囉，視乎個人及公司修行啦。

絕大部分醫生都是狀元，對熟悉題目不想重覆再聽……所以最好先溫書、找找自己廠藥物有沒有更新。

佢地最鍾意聽新的產品消息，新藥廠指引……總之即使新瓶裝舊酒，自信點扮蟹來個煞有介事，大佬們會給您的氣勢壓倒，乖乖聽兩句然後開始建交。

初步講 paper 講數據不熟不要緊，練習多 N 次就慣。新入行比

較重要是心態，由買得多又用得熟嘅 HCP 入手，建立自信，慢慢來就好了。

知道妳幫到手，醫生甲之後正常找回您，再介紹下他 MBBS 朋友圈的乙丙丁同學仔，大家 Sales 們都這樣一步步走過來（吧？）。

祝好。」

《4.2 傳說的晉升階梯》

初心者二號：「Sales 係咪無得點升？」

　　　　※　　　　※　　　　※

答：

「如果純 Sales 的方向，以下是最標準的升職路徑：

Medical Representative → Senior Medical Representative → Key Account Manager/ KAM → Sales Manager/Territory Sales Manager/ SM

再垂直上 BU head 就要端看是否小圈子圈對人、或屬於現任管理層的黨羽吧？！

有些同事，是不喜歡升職的（年年 appraisal 都問，但無人 so 班上司），散仔也有做散仔的快樂。

畢竟做慣 Sales 風流工、上班時間較自由，私底下有秘撈或副業不出奇（聽過真心 slash 的，每人平均一至兩份），對得住公司交到數，下畫出緊其它 field、不在討論範圍內啦～～

另外，藥廠多是跨國公司……調往另一個國家、sell 番同一隻藥都有。

如果大廠，更加樹大好遮蔭，做厭 Sales，或者結婚生子後……假使不想太風塵僕僕，轉到 Marketing/Regulation/Medical 的大有人在。

連間廠都生厭的話（正常的，我懂。感覺餘生不想再相見），跳番出去，做診所經理 /IC/Medical writer/agency vendor/ 自己搞檔小生意等等，問我、我也數到不少成功例子。

視乎台端人生規劃……世界很大，時間有限，如果有想做的事立即挽起袖子手刀幹吧──」

《4.3 別把同事當朋友》

> 藥廠小小姐來信:「話說我大學畢業、初來報到做藥廠,明明企業介紹話社內風氣好,員工友善……但大家似乎互相傾計唔太多。
>
> 各自食飯不揪不睬,約同事收工做運動呀行山呀都興致缺缺。想氣氛熱絡點不好嗎?這悶局怎麼破?」

※　　　※　　　※

這樣純品的妳,到底有幸還是不幸,總之應該是沒被人坑過吧。

對讀者期望道個歉,讓老納先說結論:「真的不要抱有任何和同事成為朋友的打算。」

相信這不是只有我一個得出的血淚實證。

如果出中環德輔道中、大力擘開這條布條……幾個小時內應該足夠組成「我不在職場找朋友」苦主大聯盟,成員保證達千人以上。

為甚麼這麼說呢?上班和同事嗑牙除了打發時間,一去到深交,幾乎沒甚麼好處。

試想想,如果不是利益關係(即是月底雷打不動一份糧加佣金)……陌生人如您們根本不會坐埋一枱,更遑論談天聊到心底去。

真正的想法不要透露,您所說過的每一個八卦,每一道秘密,都有可能成為他 / 她公事上最佳的武器。

優勢盡在資訊不平衡的高處,管得住嘴,在商場上多數能站得更高。

閒雜人等通常只愛聽八卦看笑話,碎嘴還好……怕就怕有些人

唯恐天下不亂，少少素材，已夠小人無風起個浪，顛三倒四更容易。

尤其做銷售的，不少坑起人上來，狼性更狠。

有初創業新醫生嗎？他／她立即來搶客。

正常開個單嘛？唉，不要怪我嘴直，同事這麼愛重用 written order……肯定沒去見客啦。聽 X 醫生說，她很久沒探過了囉。

聽聞同事說她要婦科身體檢查哦？！唉，其實是不是私生活不太乾淨齁？應該是床單還是墮胎吧——

在公司交朋友，對仕途百害而無一利。

升職上位這條路本身就僧多粥少，香爐鬼能擠掉一隻是一隻，隨時掛掉都不知道自己是怎樣死的。

談感情統統傷錢。好兄弟呀在心中，有事電話打不通。

除了同事同層之間相愛相殺、防人之心不可無……還有一點務必請抬頭注意：香港籍的老闆，不知為何普遍統統有點小氣哈。

在管理方面上，很多老闆控制慾強，甚不喜歡下屬之間太多的交流。

特別是中高層，很怕別人發現他／她在某些位置上沒有用處。

萬一下屬之間打成一遍，在很多的操作上，容易把他架空，這樣他便不便展示權力或控制流程。

日常畫面裏，要是您把精力都放在和同事打好關係，此消彼長，一根筋到底的老闆都傾向腦內幻想小劇場：熱衷社交的您，一定會減少心思到客人身上。

「假如你有精神和同事嘻嘻哈哈打關係，不如認真工作，把心力投放到客人身上、好好搞錢啦。」這是一般香港老闆的想法。

中年人被孤立、埋不到後生的堆，很不開心就是了。

所以有點眼力的，在老闆面前，和同事絕不會過份熱絡。

借 iPhone 叉電線、一起叮飯、集團搶個演唱會票完全可以，論私交一般真的要考慮再三。社會人我們一直都是這樣小心翼翼地倖存著。

當然不用完完全全悲觀，有些人總在收工後聊得過、想見面，甚至離職後還有聯絡……恭喜您！通通是能夠久存的友誼。

而且啦，社內戀愛成功、開心的例子亦非鳳毛麟角。

公司貢獻太多八卦爛事，讓同事線上線下激情對話、聊到人生三觀共築家庭，也不失為一椿美事。

（當然一日未結婚、多數熱戀消息都死按在水底。）

總之防人之心不可無，這面護身符誠意交給您（遞）～希望大家都能找到和同事好好相處的辦法，效果因人而異卡實在。

《4.4 街外應酬避坑 know how》

作為職場人，還要是隻社畜，在江湖總有不少應酬。

承上題，和自己熟稔的客人們吃香喝辣沒煩惱⋯⋯最容易出奇不意送驚喜的，反而是行家和同事。

藥廠這圈子說窄不窄，說闊又不闊。

競爭心態固然有，但上班但求到數出糧，賣況可持續⋯⋯ 普遍行家心態算是肯互相支援。

與其孤單作戰，不如合力抵抗資方。

老闆長期坐辦公室吹冷氣，判斷 field force 有沒有落場出 field，直接當然張嘴常問出面市況（MI，Market Information）。

一個努力行 call 的銷售員，預設要對負責區域的現況瞭解透徹：醫生們最近當值時間，哪間診所最近有病人出副作用啊，某院藥房師傅換了誰，友廠最新動態⋯⋯統統是拿來會議嘴一番的好題目。

食物鏈下 Sales 們長期齊齊等醫生，日子有功、建立革命情感 ──通常也不介意愛心包疪一下的。

收到一個市場消息，起碼能奮鬥少三四個小時，快哉～～

助人為樂，下次到他／她有猛料回來又幫您一下，何樂而不為。

這種職場自發互助會，在理想的情況下⋯⋯的確如夢似幻很有用。

但必須提醒是，現實有時啪啪打臉、我有義務去提醒各後輩，前人走過磕磕碰碰的坑們。

•放流料

有些上位哥／綠茶婊表面笑容可掬、親切可人⋯⋯但他們內裏那套完全是彈珠人，逮到機會就全程放炸彈。

藥廠對於某些醫生或醫療集團 KOL（意見領袖），其實允許很大的資料投放。

高層競爭心態重，總有他們自己的 KPI 要追。

如果能夠讓敵廠的主要用家轉會，一定有助（高層而已）升官晉爵。

蛇齋餅糉少不了，面對大部分有理無理的要求，也願予取予求扔錢落海。

但有些，根本是行家放出來的誘餌，好讓您隊伍有個目標消耗體力財力。

試想想如果客人根本其實沒有 potential，已準備移民 / 空殼公司 / 純粹只望上市賣盤掠個水等等——藥廠出力必然血本無歸，還發展個毛線啊？

快逃快逃！這些個案，連那位 HCP 也是幫兇，但心態我也懂。

忽後有人上門對您噓寒問暖千般好萬般柔啊，誰都想裝一下大佬。

要破解這種不難，多問幾家、人口普查您行家是人是鬼就可以，免得竹籃打水一場空。

一朝比蛇咬，field 中唱十年——中伏的那位、通常會留下點歷史指引道路，咱們不慌哈。

凡事懷疑。

公司同事的話，信個七成已經抵上限；若街外人講話，可信度即時暴跌三至四成差不多……切忌掏心掏肺。

•AA 的龍門

和工作夥伴約食飯，通常默認各付各的，但箇中還是有好大的

學問在，灰色地帶一堆⋯⋯不能掉以輕心。

某次幾個搭上搭的行家圍爐約食飯。

講明只吃個飯，愛回家的人只願早瞓、婉拒宵夜第二攤。

普普通通西班牙燴飯，飲品也沒叫、齋飲水，交換下情報完成工作，八點離場。

他們續攤不知續到哪裏去。有份續的男同事，連第二日也射埋波。

搞手事隔數天 request 收錢，平分下來，每人竟然接近五百個大洋有沒有搞錯。

溫柔婉若的女同事看完皺眉，打算付一付帳、善罷甘休，最多以後不去。我可吞不下這口烏氣。

我銀行的港幣並非大風刮過來，蝕底一次也不可能！！

立即問攞單，涉事人果然唯唯諾諾。

管他！手刀刨根究底，果不其然博大霧，將第二場酒錢硬加進來⋯⋯以為人不知，可惜受害人受不了衝出來叫囂。

推說以為我在場？屁啦！像我這樣有存在感的妞喎（自信）。

又不見他主動收鄰廠 Sales man 這價錢喎？！人家要湊囝趁早同我一齊走，幾千億雙眼做証，您亂塞 payme request，是唬誰？

貪便宜的男人例證就這樣，手法肉酸，看人下菜，揣着明白裝糊塗。

講開又講另一則，曾有些度縮精們嘛，夜晚消遣會主動約在酒吧。

喝點小酒怡情完全無傷大雅。成年人保持酒水在視線範圍內即可隨便喝啦！都乾啦！

但不少場子，明明提供 lady night 之類優惠，女生根本 0 酒費或者平一大截⋯⋯結帳時，有些男人居然厚臉皮到 AA 平攤酒錢去女生處、佔咱們這種便宜，我覺得可以報警。

這麼多年職涯人類觀察，深刻記憶中「明攞著數」的主謀好像都是男生。

身為 Sales 數口必然精，更何況不少職位不低。訪尋世間著數時，他們心裏算盤打得可響亮。

不要說啥粗枝大葉，出來混不要計較，搞手只是「簡單」除一除費用。

日積月累其利可觀，還平白讓他們賺了名聲、自以為有號召力圍威喂。

大多數受害女生臉皮薄，最多綠茶多點、沙灘多點，始終拿著名牌手袋，以為怎樣也不至手撕⋯⋯吧。可不要慣他們！

• N 家茶禮

早數和朋友分享這道題，近年似乎有更嚴重的趨勢。

對上一個 version 叫兩家茶禮。

話說我們因公務之利，條件及名堂選對邊，例如：迎新飯 / Team 飯 / 散水飯之類的話⋯⋯該頓膳食是可以開公數的。

但 event owner 那位，不一定提起，更可能惡意隱瞞。

如果跟這種上司 / 同事 / 行家吃飯，正常人沒為意夾回自己那份錢，主謀者便會食盡兩邊之利：先拿各人 AA 的錢、再後台向會計 claim 足全桌飯錢。

之後有個進化版，我聽完也覺人神共憤到無言。

兩家茶禮的進化篇，N+1 就當然是三家茶禮啊。

這個三家如何砌出來的⋯⋯且聽我娓娓道來，榕樹下講屎忽鬼。

就是收全部人 AA 兼偷偷在背後 claim 公數的人，他本身也是那間餐廳的東主（個仔）！！！

嘆為觀止。

怪不得落足嘴頭水人落疊、死約要上那間飯館，大大鑊食七咁食人一筆。

據有去的行家說：當日晚宴菜色陽春到一個點，調味弱，湯汁淡，飲品稀⋯⋯只有最後的帳單很紮實。沒去的人統統走運。

這種太子爺真是無恥到一個點～～

有手有腳為何要佔人便宜、軟飯硬吃呢？自力更生不好嗎？這種真是要見一次唾棄一次。

所幸近年公數報銷 SOP 轉趨嚴謹有透明度，慣犯們開始有點規則、不敢造次。

而且近年敝廠和友廠同志交過手，他們吃過幾次瘟、行徑收斂不少，overall 算有整頓到。

路見不平就要出聲，搞手食髓知味、再 call 人去那些奧林匹克指定難食餐廳時⋯⋯觀眾也有拒絕的權利。

有次約飯局，所有正常人一看見所約地點，立即腳底抹油轉身開溜▬

直接甩底 / 夜晚有 team building/ 阿囡考試 / 突然好忙呀下次食⋯⋯該場飯局，最後只剩一群專門搵著數的度縮精在場，不知鹿死誰手。

那局簡直是養蠱來著，呵呵。我們宣佈不吃這一套。

《4.5 Team building 很好，折現更妙》

在藥廠界別，跨國公司 MNC 很多，（自詡）重視人文福利，鼓勵大家有 work-life balance。

商業上追求數字，也要間中減減壓，提升士氣……所以身為外資公司要不惜工本，得多辦點康樂活動攏絡員工（官方如是說）！！選對了公司果然天天都是萬聖節嘛。

身為資深社畜，以多年觀察同圈畜們的經驗，這題讓我搶答：絕大多數員工，都不喜歡這種刷好感的活動。

專業的打工人，早將工作和生活分開。

上班的心態就是搞錢，要同事互動聯誼應酬硬搞氣氛這類……可免則免啦，拜託。

工作時已習慣另一副面具，坐到埋位，就要像機器自動辦事。

不投放感情，才不會受傷害。多少工資辦多大的事，見夠鐘收工，立即連滾帶爬、在座沒有哪條狗能跑得比我還要快。

舊東家有名經理在 Facebook 長期是慈父人設，comment 欄可見和家人朋友關係甚好。

我真心相信他關愛兒女像綿羊，但這完全不妨礙他在公司力捽下層 Sales 數、捽到屍橫遍野。

與其試圖在 team building 用功，不如集體早點收工！下屬還比較感激咧。

明明彼此只有勞資關係，要硬擠出感情——臣妾做不到，滿朝文武百官們也做不到。

而且不知為何，藥廠公司訂的 Team Building 項目，只有管理層不知道在嗨甚麼，普遍氣氛超乾。

有部分是男人的中年危機，連老婆仔女都不願理睬自己……只

好以權謀私，強迫下屬年輕人陪自己做一堆無意義事情。

戶外活動曾盛行攀石爬山野外動向或船 P，社畜統統比較懶，其實能坐就不想站。

能反對，就齊心用力戇。力抗到底。

※　　※　　※

不知為何有一期，老闆特別酷愛運動型 team building。

甚麼 Healthcare 健康第一線，總是怒約員工每季集體遠足船河離島遊，汗流浹背才甘休——

記得有次連出差在外地，老闆相約大家第二朝 lobby 集合，去當地某靈廟拜神，他思忖 Sales 們豈有不迷信的？安排正好！

大家暗地裏罵罵咧咧，誰要在這個天氣爬山啊？！餵蚊啊？！敢怒不敢言。

怎料翌日清早，他 whatsapp 宣佈扭到腳，不去啦！散了散了～～

全場中下層立即轟動，驚喜歡呼：眼瞓的衝回房睡回籠覺，坐車去鳩嗚的鳩嗚、約做 SPA 趕緊去馬殺雞……團隊之火從來沒有燃燒得如此旺盛過。

※　　※　　※

在 MNC 打滾久了，基本上 Team Building 就預定這些那些，不期不待。

室內的話，大約是要唱 K 烹調畫畫飛個標，密室逃脫九型人格疊疊樂砌點垃圾，瑜珈或是急救班等。

咱們對人不對事，只要是和同事做這些，開心程度立即大減八成。

曾經能引發眾人心心眼是按摩！！甚為搶手，大家視它為初戀～～不過近年買少見少啦，尚有的廠請多珍惜。

疫情下，廠家能辦的 Team building 因為社交距離買少見少，連公司也不去，鬆鬆散散 work from home，又能如何成 Team？

不辦不辦還需辦，有錢沒地方使，康樂小組們不幹其它、堅持關照⋯⋯臣真是惶恐。

COVID 疫情下，聽到友廠有 Virtual Table for 4，和開盲盒的 speed dating 同理。

主演角色包括 Regional 員工。

傳統上，他們這層人一向不問 local 世事，柄埋牆角，瘋狂與世界開會。

不不、香港團隊高層們小腦袋努力運作⋯⋯怎能讓他 / 她獨自美麗呢？太慘啦！也太孤獨精！必須拉下來一起 build 士氣，同 team 同 dream 嘛。

結果把籤抽完，Teams 鏡頭一開，地區性及本土社畜痴痴呆呆坐埋一枱。

霎時您眼望我眼，空氣凝結三秒，終於有人好心勉強起個頭：let's get it started shall we？（按：果然全部都是 CE/AL 走過來的人。）

在已一開四的會議版面，大家開個便飯，全程尬聊滿臉黑線⋯⋯想想都尷尬症發作。希望我廠的康樂組不要想到這路線。

※　　　※　　　※

疫情封城之下，聽聞一間友廠亦成功開辦線上試酒 team building。

大家各自 wfh 圍在電腦前，開 cam，兩三支酒辦已在較早速遞至您家，自己開著辦啦。

有學員開不到瓶，整堂都在奮力戳開那軟木塞。

講師解構釀酒，氣候水份土壤年份等等，請自隊。

在課程後段，大家輪流報告完自己那支多有水果味／土味／醍醐味就可以收工，闔上黑鏡那刻才真叫寂寞咧。

明明如果被逼線上的話，聽個講座，聲音導航來頌缽啊音樂治療減壓都不錯啊（提議）⋯⋯普遍心聲：「起碼唔會太搞到人」。

與其費煞思量，倒不如正正經經搞好員工福利。

早收工／零 OT／多折現／少點 shity management ━━難道不是更實際嗎？唉呀，我又在講甚麼大實話。

返工呢，吊住您一口仙氣，為做而做的感覺真是好迷人⋯⋯

《4.6 拒絕別人的快樂我要讓您知道》

其中一個我在職業生涯學習到的戒條：要活出自我價值最大化，通常先從學懂拒絕別人開始。

精力就等於稀有資源，時間流逝更是不可回復，統統必須審慎使用。

人生裏大部分出現在您眼前的委託，都是從下向上發出的。

在某方面缺乏能力的人，往往需要請擁有更多能力的人調動資源，來撐起自身不足的地方。

每一次出手，點點滴滴都在耗用您的心神及時間。

如果出手，須要衡量是否帶來等價或更高的實質交換，包括但不限於：真正親友情義、金錢報酬，名譽地位⋯⋯心靈富足感也可計算在內。

如果純粹「搭上搭」的幫手，只換得來兩句嘴上或 emoji 柏拉圖感謝，少做為妙。切記切記。

您遠遠不如想像中那麼能熬，成年人的世界也不容易。

難得練成一番好本領護體，還是韜光養晦，少出無謂的頭吧。

自身來分享一個經驗。

不知有沒有告訴大家，在言語方面我下過苦功，懂四國語言。

第四項語言能力的程度，已考完最高級別證書⋯⋯總算對學費有個交代才收手。身邊親友連 Facebook 中學同學也知道。

初時候，小貓三四隻，可能會拿打機 menu/ 衣服上諺語，來尋問幾個單字。

初次見題目不難啊，趁坐車的空檔可以答一下。

畢竟當初也對這門外語有興趣，才花這麼多年學的呀。

漸漸地像是有隱形廣告般，這風便傳開來，不同圈子的舊友會問我電影宣傳字幕、他們偶像的 IG 發言等等。

因為是關係算不錯的舊識，我摸摸鼻子忍下來了。

後來有一位舊同事，想要搞副業、在外國當地擺貨……拿了一些批發商的文件說讓我翻譯，說用字不太深奧的。

差不多時候，另一個晚上，一名中同舊識 AKA「朋友」，突然瘋狂致電（就是太夜了我拒聽，堅持再打過來這樣）。

我甫接聽，她口氣很急說現在於某個我熟悉語言的國家旅行，撞了車，下一秒把聽筒塞給那個前車的司機，劈頭蓋臉叫我跟他講——

到了第二天，她丈夫 whatsapp 了一堆文件。

說是保險需要，在出院前須交代簽好一些資料但他們聽嘸啦，所以想問我巡房醫生所交的表格是否填正確。

然後她奶奶（在港），好像也打電話過來，嘮嘮叨叨問一輪。

層層疊疊壓下來，我心想：喂，夠囉～～

擁有這技能錯了嗎？沒有讓我更自由之餘，反而屢屢被問，被騷擾，被打亂生活的節奏。

要重新踏上自己的道路，必先和「無謂社交」、「無條件單方面的被利用」的惡習斬纜。

有翻譯需要的話、大把人持有和我相同的功能，若涉及法律或商業的範疇，更要讓專業的來，不要省那幾個銅錢。

他們口譯傳譯統統一把罩，保證同樣用得順手，只不過要收錢而已。

※　　　※　　　※

適時，在職場上也發生一件不大不小的事。

話說 field 內有一名醫生是出了名的好好先生。

無論怎樣的行家上門，也幾乎不會托手踭，名聲似乎不錯。

要出信的出信，要轉介的轉介，要扣保險購物、就寫字讓這病人去購個物。

只管病人開口，幾乎可以包攬您所有願望……是個「幫得人」的醫生。

到了某個時刻，一個百萬圓桌的保險佬告訴我：這位醫生在他集團裏早已不被信任。

最近有幾單出自他診所的誇張收據也被回絕，他們不怕官司，打起訴訟來，有足夠往績記錄支撐贏面。

濫好人、肯派糖的他，最後又得到了甚麼？

居然落得這樣的名望……他明明寒窗苦讀十數載，應該要多享幾十年收成期才是。

※　　　※　　　※

作為九型人格第九號和平主義者的我，在說開來之前，其實思來想去掙扎了超～級～久～～

始終長痛不如短痛，當真正坦白交代、撕開表面客氣時……反而更看清自己眼前重要是甚麼。

真正的親友，根本不會動搖。

其他聽到再沒援手、而且立刻轉身走的人，關係完全不值得句保留。罵罵咧咧那種也沒關係啦！嘴巴長在別人身上啊。

最好幫忙宣告天下啦！這種鳥事我金盆洗手以後都不幹，少來煩我要用愛發電。

一勞永逸後，我只恨自己為何不放飛自我早點說。

一時拒絕一時爽，一直拒絕才能一直爽～～～

人生苦短，有盡興到才重要。

一口氣清空雜音和無謂負擔，頓時鳥語花香，連周遭空氣都甜美起來。

那份回絕完別人、下一秒隨之爆裂開來久久不散的幸福感……我覺得身而為人，都應該感受一次這股直上腦門的酸爽勁。

以上，誠心誰意推薦給大家。

不要害羞，這刻不用臉皮薄——有需要的話、借個膽給您你妳啊！

《4.7 專業要收錢》

上文耳提面命，請大家不要純粹好心濟世為懷、透支自己來買別人的單。

甚麼是值得的等價交換呢？塵世間人與人又如何量化支持度？最簡單的，當然要換為港幣啊（其它外幣也可以啦）——

Disclaimer：

以上情況，只適合於關係不夠的委託人及辦事者。

關係夠的話、甭看這篇，相信您的愛能自然發電～

　　　　　※　　　　　※　　　　　※

藥廠和醫生的用藥水平及知識程度，其實是叮噹馬頭的。

在藥物知識上，藥廠人員常比醫生擅長（當然啦！研究及生產，品質監控都是原廠在做）……但在市面發售後，當地真實用家的大數據及臨床經驗，廠方不得不依靠醫生的反饋。

在一場本應輕鬆飯局上，敝廠經理藉著燈光好、氣氛佳……抓住資深醫生不肯放，努力跟他人探討本地用藥的 protocol。

「醫生受我一拜哦！您覺得在 XX 的環境裏，應該直接採用我們的 YY 藥……還是先用 ZZ 方法首階段治療完，才來用我們幫助效果增強？」

杏林大仙行走江湖有時，噙著普渡眾生的笑容，應酬式解答來者吉凶。

經理見他態度算合作，一時太高興，忙不迭把平時遇上的問題端上來。

「喔喔，醫生我們好苦啊……對手廠長期宣傳"A 夾 B"成份、來攻擊我們大 C 這款單一 active ingredient。其實在治療啥啥啥的方面時，我們藥物作用的機制是不是更有效哦——」

「呵呵呵～」大仙只肯四両撥千斤地，喝口冰水回到正題。「既然問到這瓣，您向我診所約 consultation 啦！我再同您細講。」

言下之意，不付錢就不解籤。

您以為問幾句只屬舉手之勞嗎？並不，專業有價。

一名醫生要成材，必先寒窗苦讀，加埋身水身汗睇症廿多年。

就算簡單一句問題，他需要腦海中快速搜尋過去飽讀的四書五經，再對照臨床經驗，確認沒錯答案才能離口。

說話要負責任，問事的人說不定斷章取義、以後跟第二、第三波觀眾再宣傳：「我問過 OO 醫生喇！他說 XOXO 是 ok 噠～～～」

萬一別人聽完照做出事，惹上麻煩真是糟糕透頂。

所以您說嘛：身為專業人，問事不收錢是否太冤？前期費用必須果斷收一收。

經理本還想努力刷人情牌、繼續再追問下去──唉，他臉皮不拿去做防彈衣真的好浪費。

好在薑也是老的辣，大仙反手問一下貴廠最近有沒有 Advisory Board 參加。一來一回也不虧。

經過這次事件，以及同類型有的沒的事件借鑑⋯⋯我發現身處的宇宙正教導我：只要您擅長一件事，且做得很好，無論別人多欣賞，您也要收錢。

那是對自己在漫長歲月裏，練成這身能耐的一份尊重。

不要相信甚麼撈什子「隨便弄一下很易搞定啦！」⋯⋯正正因為專業，所以才不容許隨便。

能夠弄一下完事，是因為過去已經千錘百煉過很多下，千萬不要被置換概念。

凡事有價，堅持初心不做壞市。

　　同樣專業的行家，以及您過去死掉的腦細胞們，都會感謝這收錢舉動噠。Namaste ～～

《4.8 談工作成功感》

當在一個圈子待久了，建立情誼，很自然像是從此哪裏也去得不遠。

同業阿頭，行家達人，專家以及客，一看您想脫線、拉也拉扯您回去，榮辱與共一晃十年。

和其他行業的人交談，他們從外看起來藥廠 field force 一族：形象亮麗自信，佣金收入有保障，爆數豈不是很和味。

不過我頗肯定，大部分長期留下來的人，並不是只因為金錢上的理由。

近年來，藥廠銷售員已經演變成一份多勞也未必多得的工作：業界不停加強監察力度，競爭對手甚多，顧客對我們的期望及專業度要求節節上升。

銷售工作總有氣餒的時候，內心的平靜自持無法一日就能練成，得靠自己走過壓力和挫敗的幽谷，吸取沿路灌溉的豐盛養份，才能得以學習成長。

除了自我提升，沿途也有不少窩心的片段。

好比不只一次，看見自己「棉乾絮濕」湊大客人，羽翼漸豐，在新診所開幕時，往往很高興邀請我們藥廠人過去祝賀或是打個照相。

初初入行的他／她可能唯唯諾諾，只聽上司要求，對自己方向也沒有大概，一個指令一個動作。

首幾次被 call 時，還像實習時期一樣，問 Sales 很多蠢問題（他自己說的），市場上主流牌子也未搞懂，稀釋注射的濃度連護士都比他們清楚。

到有了初步的方向，雖然目標仍然模糊，一旦開始有了個人獨立的想法，覺得在業界自己的聲音不應被忽略。

聰明如他們一群，當下定決心，學習曲線不可能會慢。

開頭還妄自菲薄，覺得自己會不會不夠客呀。成堆貨用到過期點算？剩貨您們不換我就不買太多了？！現金流好像很要緊。哎！鋪頭裝飾和海報，您可不可以贊助下？？……昔日小寶寶正在高速成長 R 很大。

一步一腳印儲來回頭客。新店成立時，他們當然已不再擔心換貨問題，貨如輪轉，反而是供貨不上的我們要撲出街借。

記得某場開幕、第二還是第三次晉升老闆的大神，在切燒豬後慷慨抱抱我，感性謝過廠方這些年的幫助。

當時聽到那番說話，我著實稍微有些熱淚盈眶，耍手搖頭：「哎吔，啦啦隊怎麼可以跟得主一起上樓梯？──」但深刻感覺到，自己在這個田野，總算熬出一點點成績。

儀式完成後，當事人就風塵僕僕回去旗艦店。

留下那名 locum 的當值人員像八年前的這枚老闆一樣。不知道歷史會否重複就是了。

想說是：其實是我謝謝您才對。

在人生重要的軌跡上有記得我們──這些回憶也連繫著彼此豐盛的人生。

在職場上，成就感除了來自金錢，還有這些吧。

工作職位常常是一個 all-in-one package，背後常嘛著苦勞辛酸，間中也有甜美的果實供人擷取，感謝一路上際遇～

 《後記》

終於提筆寫完 Sales 時期的 OS 了！非常謝謝大家閱讀我在藥廠的前半生。

銷售業務是一項需要直接面對人群、與時俱進的崗位。初入行時也沒有可以跟隨的前輩，完全是摸著石頭過路，自行抓出適合個人或是客戶的步調。

漸漸產生想記錄工作的想法。

首先是負能量驅使下、開了個臉書專頁，對不平事罵罵咧咧⋯⋯不過上天憐憫，偶爾也會冒起一些職場小趣，繼續和我的客相愛相殺，沉澱糟粕，經驗值得以有所提升。

記錄的同時也訝異：嗨，其實我也是幾番努力挺過來、蠻拚命的嘛！！真的要給自己一個榮譽大拇指，哈哈。

一路寫下來，有默默察覺到⋯⋯哎呀，好像沒有傳授到甚麼追數絕招？爆數秘技？？

要是真金白銀買書的話，讀者們應該會好想聽到這些啊～～～但筆者沒有啦！！（立即承認）

好家在書冊名稱列明是內心 OS，不講追數，沒有涉及商品說明條例。

Sales 各路門派各有指路，不用擔心，適合您的追數技就是最好的，別和其它廠及同事去比較。

萬變不離其宗：了解顧客真實的想法，勤奮自律多溝通，寵辱不驚，保持幽默感⋯⋯相信功不唐捐，安啦！（provided 產品有效且沒有太多搵爛臉搞串個 party 的學名藥競爭對手）。

感謝大家陪伴做 Sales 的一段時光，獲益良多；能夠把過往經歷濃縮成這本書冊，實在十分奇妙……如果有引起到大家的共鳴，更是何其有幸。

接下來藉著此後記的機會圓滿地跟大家報告：我，其實已離開 Sales 崗位了。

舒適圈挺舒適的，不才的我暫時還不是時候離開它，唯有努力擴大社畜被豢養的圈圈～～

負責這款藥物四捨五入快十年，玩遍港九新界澳門也揩過……適逢要換個位置，才能繼續我在這間廠的生涯。

相比做 Sales 的快樂、能季節性收工——做藥廠的畜是另一副光景：前方永恆是無窮無盡的 task，能看到太陽收工那天，簡直想痛哭流涕。I miss you，direct to field……

辛苦走的都是上坡路，希望所花心機不會白費。有新消息的話，我再跟大家講～～

妮妮　2022 年深秋

作　　　　者｜妮妮

書　　　　名｜藥廠女 Sales 無限 OS

出　　　　版｜超媒體出版有限公司

地　　　　址｜荃灣柴灣角街 34-36 號萬達來工業中心 21 樓 02 室

出版計劃查詢｜（852）3596 4296

電　　　　郵｜info@easy-publish.org

網　　　　址｜http://www.easy-publish.org

香 港 總 經 銷｜聯合新零售（香港）有限公司

出 版 日 期｜2023 年 1 月

圖 書 分 類｜流行讀物

國 際 書 號｜978-988-8806-33-1

定　　　　價｜HK$68

如發現本書有釘裝錯漏問題，請攜同書刊親臨本公司服務部更換。